নীলাক্ষ্মী, প্রেম, অন্যান্য

দিবাকর পুরকায়স্থ

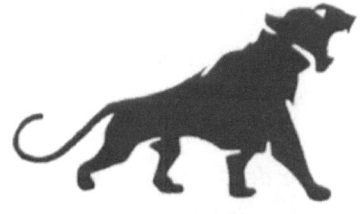

Ukiyoto Publishing

All global publishing rights are held by

Ukiyoto Publishing

Published in 2023

Content Copyright © দিবাকর পুরকায়স্থ

ISBN 9789358467345

All rights reserved.
No part of this publication may be reproduced,
transmitted, or stored in a retrieval system, in any
form by any means, electronic, mechanical,
photocopying, recording or otherwise, without the
prior permission of the publisher.

The moral rights of the author have been asserted.

This is a work of fiction. Names, characters,
businesses, places, events, locales, and incidents are
either the products of the author's imagination or used
in a fictitious manner. Any resemblance to actual
persons, living or dead, or actual events is purely
coincidental.

This book is sold subject to the condition that it shall
not by way of trade or otherwise, be lent, resold, hired
out or otherwise circulated, without the publisher's
prior consent, in any form of binding or cover other
than that in which it is published.

Dedication

প্রেমের চিরন্তন কবি পাবলো নেরুদা কে

নীলাক্ষী, প্রেম, অন্যান্য....

মুখবন্ধ

প্রেম বিষয়ক কবিতা লিখা সহজ নয় মোটেই। প্রেমের মূলে কাম, কিন্তু কাম যে প্রেম নয়, তা স্বতঃসিদ্ধ। প্রেম কখনো কাম নয়, বরং কামের উপরের্ কিছু, তা সবার জানা। আদিম কালেও বহু পুরুষ এবং নারী যুথবদ্ধ জীবনে থেকেছে বা বিছিন্ন হয়েছে তার শুধু প্রেমের জন্য।যেখানে প্রেম পরাণধারণের স্থূল ক্রিয়াকলাপের সাথে অচ্ছেদ্য ভাবে জড়িয়ে থাকে সেখানে প্রেম নিছকই দেহের খাদ্য যাকে আমরা দেহসর্বস্ব কাম বলতে পারি। কিন্তু দেহ সর্বস্ব কাম যখন দেহ অতিক্রম করে মনের খাদ্য হয়ে ওঠে তখন তাকে প্রেম বলা যেতে পারে নিঃসন্দেহে। সামাজিক রীতিনীতি অতিক্রম করে প্রেমাসক্ত নরনারী তখন নিজ নিজ প্রেমাস্পদ বা দয়িতের কামনা করে তার প্রতিফলন হয় প্রেমের কবিতায়।

আমার পূর্বজ মহাকবি কালিদাস থেকে সংস্কৃত সাহিত্যে অনেক দিকপাল কবিরা প্রেম বিষয়ক কাব্যের সংখ্যা অগুনতি রচনা করে গেছেন। এদের মধ্যে নারী কবির সংখ্যাও নেহাত কম নয়। প্রেমের কবিতা রচনা সেই বৈদিক যুগের লোপামুদ্রা বা অষ্টম শতাব্দীর কবি বিজ্জিকা অথবা দশম শতকের শ্রীলা ভট্টারিকা অন্যতম। এরা ছাড়াও প্রিয়ংবদা দেবী, বিকটনিতম্বা, অম্বুযনলিনীরাও

বিভিন্ন যুগে সুললিত ছন্দে প্রেমের কবিতা উপহার দিয়েছেন।এছাড়া বর্তমান যুগে রবিঠাকুর তো আছেনই, আরো অনেক আছেন, সবার নাম নেয়া সম্ভব নয়।এদের সবার লেখায় অনুপ্রাণিত অতি ক্ষুদ্র আমি প্রথম প্রেম বিষয়ক কবিতা লেখায় হাত দিই কয়েক বছর আগে।

প্রত্যেক কবির প্রেম নিজ নিজ মানস সুন্দরীকে উদ্দেশ্য করে নিবেদিত। এইভাবেই সৃষ্টি হয়েছে সবা অমর প্রেমের কবিতা বাংলা ভাষায়। এভাবেই জীবনানন্দ দাসের বনলতা, সুধীন্দ্রনাথ দত্তের শাশ্বতী, সুনীল গঙ্গোপাধ্যায়ের নীরা, মলয় রায়চৌধুরীর অবন্তিকাদের সৃষ্টি।

নীলাক্ষী আমার মানসসুন্দরী। তার সৌন্দর্যের দিকে তাকিয়ে যুগ যুগ কাটিয়ে দেবে রে কোনো যুগপুরুষ।এই অনন্ত যৌবনা উর্বশীর রূপ মহাকবির ভাষায় বলতে গেলে

তন্বী শ্যামা শিখরদশনা পক্কবিম্বাধরোষ্ঠী

মধ্যে ক্ষামা চকিতহরিণীপ্রেক্ষণা নিম্ননাভিঃ

শ্রোণীভারাদলসগমনা স্তোকনম্রা স্তনাভ্যাং

যা তত্র স্যাদ্ যুবতিবিষয়ে সৃষ্টিরাদ্যেব ধাতুঃ

চার বছর আগের কোনো এক নির্জন দুপুরে ওর জন্ম। যদিও কবিতায় তার উপস্থিতি অনন্ত যৌবনা এক রূপসী হিসেবে। সে হিসেব ধরলে তার জন্ম হয়েছে এই শতাব্দীর শুরুতে। ওর অনায়াস যাতায়াত দুই বাংলায়, ও কোনো বর্ডার মানে না। নীলাক্ষীর প্রেমে মজে এ যুগের যুগপুরুষ।তাই তার প্রেম সব সময় নীলাক্ষীকে খোঁজে, সে

স্বচ্ছতোয়া কপোতাক্ষ ই হোক বা গ্রহান্তরে ই হোক। এই প্রেম নীলাক্ষ্মীকে কখনো মালবিকা রূপে দেখে,কখনো অলকাপুরীর যক্ষিণীরূপে অথবা নিজেকে কখনো ভাবে কালিদাস।কখনো নীলাক্ষ্মীর জন্য তার অনন্ত প্রতীক্ষা, কখনো সে নীলাক্ষ্মীর ব্যর্থ প্রেমে কাতর, নিজের মৃত্যু কামনা করে।

এই প্রেম কবিতায় নানাভাবে দেখানো হয়েছে। কখনো এই প্রেম গুপ্ত, আবার কখনো ব্যাক্ত। কখনো প্রেম ঋতু ভিত্তিক আবার কোথাও বৈষ্ণব সাহিত্যের পূর্বরাগ, অনুরাগ, ভাবোল্লাস, আক্ষেপানুরাগ, অভিসার এবং বিপ্রলব্ধা অবধি বিস্তৃত। এই প্রেমের প্রকাশ কখনো ঝর্ণার মত্ স্বতঃস্ফূর্ত আবার কখনো সন্ধ্যাকালীন নীরবতায় সমাহিত।

মোটকথা নীলাক্ষ্মী আর তার প্রেম নিয়ে এই সংকলনে মোট ৫৩ টা কবিতা আছে আর অন্যান্য কবিতা আছে ৪৭ টা। তাই নামকরণ। প্রেমের কবিতার বাইরে যেগুলো আছে সেগুলো সমসাময়িক সামাজিক, অর্ধ-সামাজিক, রাজনৈতিক বিষয়ের উপর আলোকপাত করে লেখা হয়েছে। এই একশত কবিতার মধ্যে ৪৩ টা বিভিন্ন পত্র পত্রিকায়, ওয়েব ম্যাগাজিনে পূর্বে প্রকাশিত।

এই কবিতাগুলোর বিষয়ের সময়সীমা গত পাঁচ বছরের নানা বিষয়ের উপর আবর্তিত। পাঠকদের হাতে এই কবিতাগুলো তুলে দেবার ইচ্ছে বহুদিন ধরে ছিল। নানা

কারণে অনেক দেরি হয়ে গেলেও শেষ অব্দি এই দুরূহ কাজ সম্ভবপর হতে পেরেছে শুধুমাত্র আমার প্রকাশক আর অগণিত পাঠকের শুভেচ্ছার উপর ভর করে।তাই আন্তর্জাতিক প্রকাশনা সংস্থা উইকোহিতো পাবলিশিং কোম্পানির এর জন্য আমার তরফ থেকে বিশেষ ভাবে ধন্যবাদ প্রাপ্য।

শ্রী বিল গেটসকে ধন্যবাদ দেব এই প্রসঙ্গে, তার মাইক্রোসফ্ট ওয়ার্ড না থাকলে এতগুলো কবিতা কাটা চেরা দাগ ছাড়া সুষ্ঠুভাবে লেখা সম্ভব হতো না।শেষ কথা এটাই যে এত পরিশ্রম করার পর এই কবিতাগুলো পাঠকের দরবারে পৌঁছে দিতে মে পারা গেল, সেগুলো যদি পাঠককুলের দ্বারা সমাদৃত হয় তবে বুঝবো আমার এই পরিশ্রম সার্থক।

সূচিপত্র

নীলাক্ষী - ১	1
নীলাক্ষী - ২	3
নীলাক্ষী - ৩	4
নীলাক্ষী - ৪	5
নীলাক্ষী - ৫	7
নীলাক্ষী - ৬	9
নীলাক্ষী - ৭	10
নীলাক্ষী - ৮	11
নীলাক্ষী - ৯	13
নীলাক্ষী - ১০	15
কাফেরের ভালবাসা	17
আকাশ প্রদীপ	19
অন্ধকার	20
মুনিরা তুমি	22
মহাজবিন	24
নারী তুমি	27
ঋতুস্নান	29
চুমু	32
তুই ছিলি	33
এক আশা	34
বমনের আগে	35

বমনের পর	36
মুনিরা	37
অলকার যক্ষিণী	38
ভেজা প্রেম	40
রাত নিরালায় একশ বছর	41
পিয়া ডোর	43
মন পিয়া	44
যতি	46
দ্বিতীয়া	47
দৃষ্টিসুখ	48
অপেক্ষা	49
অন্য জন্ম	50
বিপ্রলব্ধা	52
সৌঁদরবনের মৎস্যকন্যা	54
দিনরাতের কাব্য	55
নিষ্পাপ হাসি	56
চাওয়া পাওয়া	57
প্রেম ও বর্ডার	58
ফজরের নামাজ	59
এপার ওপার	60
তোমাকে	61
মধুকুঞ্জে প্রেম	62
জলছবি	63

ভয় কি	64
সূর্যমুখী	65
নিষিদ্ধ দুপুর	66
এন্ড্রোমিডায় প্রেম	67
যদি	68
চন্দ্রগ্রহণ	69
তোমাকে চাই	70
রাইকিশোরী	71
যবনীর প্রেম	72
পাঁচ প্রেম	73
রক্তকরবী	76
খুঁজে বেড়াই	78
প্রেম নেই	79
মৃত্যু	80
হাতুড়ি	81
ইলেকশনের পাঁচালী	82
বর্ণ পরিচয়	83
হ্যাদিনীর বারোমাস্যা	84
সীমান্ত সংবাদ	85
শীতঘুম	86
নিঃসঙ্গ	87
পুরোনো গন্ধ	88
দেশভাগের কেচ্ছা	89

পাগলের পাগলামি	90
বাংলা ও বাঙ্গালী	92
ভালো আছো বাবা	93
NRC	95
লং ড্রাইভ	96
পঞ্চ কন্যা	97
ঈশ্বরের সাথে কথোপকথন	98
আমি আগুন বলছি	99
হযবরল	100
ডিটেনশনক্যাম্প আসাম	103
ভোর	104
পুরোনো কাগজ	106
মহা ভারতের গল্প	107
গরবিনী মেয়েটা	109
তিস্তা নদীর খোঁজে	110
বিজয়া	111
নববর্ষ ১৪৩০	112
বর্ষশেষের সালতামামি	113
পরশপাথর	115
জীবনানন্দ দাশের সঙ্গে কিছুক্ষন	116
পদ্মা নদীর মাণিকবাবু	118
ঘাটশ্রাদ্ধ	119
কুড়ানী বেত্তান্ত	120

জীবনের জ্যামিতি	123
স্বপ্নের ফেরিওয়ালা	125
মেরুদণ্ড	127
খোঁজ	129
গান, নভেল ও অন্যান্য	130
কবরের কান্না	132
দেবাশীষ তুই	133
ছত্রিশগড়ি কেন্দুপাতা	134
এক আর্তি	135
লেখক প্রসঙ্গে	136

নীলাক্ষ্মী - ১

তোমাকে প্রথম দেখি যখন
তখন সত্যজিৎ রায়, উনুনের ঝিক থেকে
ঝুলকালি নিয়ে আঁকছিলেন তোমার ছবি।
তুমি বসেছিলে খোলামেলা
এলিয়ে সোফায় আর
আদুল গায়ের খাঁজগুলো তোমার বর্ষার
যেন বেড়েওঠা কচি পুইডোগা,
আর আমি ছিলাম শুধুই এক 'আগন্তুক'।

মগ্ন শিল্পী তখন ব্যস্ত সাজাতে তোমাকে
'দেবী' রূপে, আর
তোমার বুকের 'কাঞ্চনজঙ্ঘা'য়
'অভিযান' চালাতে আমার হাত করছিলো নিশপিশ,
মন মেলছিলো 'শাখা প্রশাখা'।
পাতালগঙ্গায় উঠছিলো ঢেউ আর
ক্ষেপা বুঝি খুঁজছিলো 'পরশপাথর'।

এই ব্যস্ত 'মহানগর' থেকে বহু দূরে
অটলবিহারি বাজপেয়ী পড়ছিলেন তখন

প্রেমের কবিতা ;
দেয়ালে ঝোলানো ছিল তোমার রঙিন ছবি।
পড়তে পড়তে কবি কালো আকাশের
বদলে দিলেন রং;
বদলে দিলেন আজ সব বৃষ্টির আল্পনা
সাজিয়ে দিলেন কবি
আরো একটু নিটোল প্রেম দিয়ে
আমাদের মিলনের এই গোপন 'জলসাঘর'।

নীলাক্ষ্মী - ২

আমার বুকের আল বেয়ে যে রাতে তুমি চলে গেলে --
নিবিড় অরণ্য কেঁদেছিল তোমার পথের দুপাশে
প্রসব বেদনায়;
বাতাসে ছড়িয়ে ছিল
আফ্রোদিতির নাভিমূলের মাতাল করা গন্ধ ।

দিগ্বিদিকে আমি একা,
থমকে দাঁড়িয়ে ছিল অহল্যা সময় ,
আর ছিল গ্রহান্তরের এক কস্তুরী চাঁদ ।

নীলাক্ষী - ৩

আমি তোর বুকের উপর শুয়ে আছি
শুষে নেব তোর ঘ্রাণ
তোর উত্তুঙ্গ পাহাড় আর
বিস্তীর্ণ প্রান্তর
তছনছ করে নেমে যাব
আরো নীচে
জলঢাকা বেলাভূমি।

জলরং দিয়ে মুছে দেবো
তোর বিরস কালিমা;
তোকে আবার নুতন করে
আদর করার নাম করে পরাবো মাটির টিপ
তোর বুকের পাহাড়ের মাঝখানে
লাগাবো আমার নিজস্ব জয়টীকা।

নীলাক্ষী - ৪

নীলাক্ষী, তুই যখন ঘরেতে এলি
টিভিতে তখন এড চলছিল
জাপানী তেলের
ফুলদানি ভরে ছিল একরাশ
বিবর্ণ শুকনো ফুলে ; আর
আমি বসেছিলাম ঘরের কোণে
বন্ধ জানালায় একা ,
এক বিষণ্ণ ধুসর ক্যানভাস।

নীলাক্ষী, তুই এলি আর
তোর পদ্মগন্ধী নাভিমূল ছাপিয়ে
উঠলো জ্বলে কামনার রং,
উৎকট, উদগ্র সব লাল, নীল
সবুজ, হলুদ -
কালপুরুষ তখন উঠলো আকাশে,
আর--
চরাচর একাকার হলো তোর প্রেমে।

নীলাক্ষী, তোকে পেয়ে মুগ্ধ আমি

ঋদ্ধ আমি--
উঠে খুলে দেই পূবের জানালা,
রং নিই রাতের আকাশ থেকে;
তারপর --
তোর একঢাল এলোচুলে
মেখে দিই আকাশের হলুদ পূর্ণিমা,
আর তোর গভীর গোপন নাভি
পরম আদরে ঢেকে দিই রক্তিম চন্দনে।

নীলাক্ষী - ৫

নীলাক্ষী, তুমি যখন চানঘর থেকে
এলে বেরিয়ে তখন--
আমি পড়ছিলাম পাবলো নেরুদার প্রেমের কবিতা।
চিক্ চিক্ করছিল একফোঁটা জল
কানের লতিতে;
তোমার চোখের কোণে ছিল নিমন্ত্রণ।

আমি জিভ দিয়ে চেটে নিলাম কানের লতি,
মুছে দিলাম জিভের লালা দিয়ে
তোমার চোখের বন্ধ পাতা
আর তোমার গরম শ্বাস বলছিল কানে কানে
নেরুদার প্রেমের কবিতা।

বন্ধ ঘরে আমরা দুজনে কানে কানে
বললাম কত কথা,
কত ছবি আঁকলাম তোমার দেহের
অলিতে গলিতে আর তোমার নাভিতে,
পেলব জঙ্ঘায়---
আমার প্রতিটি রোমকূপ ফিসফিস করে

পড়ছিল যেন আজ--
আবার, পাবলো নেরুদার প্রেমের কবিতা।

নীলাক্ষ্মী - ৬

তোর কোচকানো চামড়ায় বুঝিবা এখনো লেগে থাকা পাইনের মিষ্টি গন্ধ নিতে চাই।
তোর মধুবনী প্রিন্টের শাড়িতে লেগে থাকা শীতকালীন কমলা রোদ মেখে নিতে চাই।
তোর বিকেলে আবার বসে সেই সকাল বেলার মতো দুজনে আকাশ ছুঁয়ে নিতে চাই।
তোর বেড়ে দেওয়া খাবারের সাথে তোর হাতের ঘামের গন্ধ শুধু একবার পেতে চাই।

আজ আর একবার,-

যদি তোর কোলে মাথা রেখে ক্লান্ত আমি আর একবার নাক ডাকিয়ে ঘুমাতে চাই?
যদি তোর কাপড়ের ভাজে লেগেথাকা হলুদ লংকার গন্ধ আমি একবার নিতে চাই?
যদি তোর সারা গায়ে লেগে থাকা প্যাস্টেল কালারে আমি একবার ডুবে যেতে চাই?
যদি তোর শরীরের কোণায় কোণায় আর একবার আমার শরীর মিশিয়ে দিতে চাই?

নীলাক্ষী - ৭

তোমাকে কোথাও খুঁজে খুঁজে নাপেয়ে গেলাম চলে
সটান পুবের তেমাথায় ।
কড়া নাড়লাম সুধীন দত্তের দরজায় আর
হেকে বললাম " তুমি আছকি ওখানে?"
খোলা দরজায় ছিল শুধু আবাহন, আর
থেমে ছিল দুরন্ত সময়—
ইতস্তত করে সোজা ঢুকে পড়লাম আমি
ভেতরে তখন এক শাশ্বত মানব পড়ে শোনাচ্ছেন
প্রেমের কবিতা তার শাশ্বতীকে।
'সমীরণ পাকসাঁটে' করছিলো ঘোরাফেরা,
আর তুমি ছিলে তার ফুলদানি জোড়া
গোলাপের পাশে ।

আমাকে ওখানে দেখে
কবি হেসে বললেন "কেমন আছিস তুই ?"
আমি সসংকোচে জবাব দিলেম,
"বেঁচে আছি শুধু নীলাক্ষীর জন্যে ।"

নীলাক্ষ্মী - ৮

মনে পড়ে কি মঁমার্তে বসেছিলাম দুজনে ?
তুমি ডুবে ছিলে জাঁ পল সাত্রেতে।
তোমার বিলাসী ফরাসী আতরে শুধু
প্রেম আর কবিতার গন্ধ, ম ম চারপাশ, আর আমি?
কবিতার দোয়াতে ফরাসী প্রেম ঢেলে
সারাদিন মগ্ন হয়ে আঁকছিলাম তোমার ছবি।

আজ মনে পড়ে কর্ণওয়েলের সেদিন শীতের সন্ধ্যা
কনকনে ঠান্ডায় দুজনে বসেছিলেম উদোম আকাশের নীচে,
ঝুরঝুর বরফের মাঝে বসেছিলে তুমি, আর আমি ?
চাঁদের আলোর রং ইংরেজি ইজেলে ঢেলে দিয়ে
সারারাত বসে শুধু আঁকছিলাম তোমার ছবি।

মনে পড়ে গ্রীষ্মের দুপুরে তুমি আর আমি
একাকার হয়ে গেছিল সেদিন
মিকেলএঞ্জেলো আর বারনিনি;
তুমি মজেছিলে প্যান্তিয়নে,আর আমি ?
ব্যস্ত মগ্ন দুপুরে তখন

সন্ত তেরেসার*চরম তৃপ্তির আশ্লেষে ডুবিয়ে তুলি
আঁকছিলাম তোমার ছবি।

মনে পড়ে দিন শেষে পুরোনো সরণী বেয়ে
অনেকটা পথ পায়ে হেঁটে
তুমি ফিরে এসেছিলে উমশিরপীর পারে,
আমার পুরোনো ঘরে, আর আমি ?
মেঘের দোয়াতে তাই বৃষ্টির কবিতা ভরে
আজ শেষবার আমি আঁকছি তোমার ছবি।

---

*এই সন্ত তেরেসা মাদার তেরেসা নন।ইনি অন্য ।

নীলাক্ষ্মী - ৯

সেদিন দুপুরে মধুপুরে
বাইরে রোদ্দুর ছিল কাঠফাটা,
তোমার কপালে ধেবড়ানো সিঁদুর আর ঘামে ভেজা গাল।

উঠোনের এক কোনে
জারুল গাছের ছায়াঘেরা আলসেতে,
উনুনের গনগনে আঁচে সেদ্ধ হচ্ছিলো আমার ভালোবাসা।

উল্টোদিকে টালির ছায়ায়
সাঁওতাল নারীর দিয়ে যাওয়া মহুয়ার রসে,
চুবিয়ে মনের তুলি,চুপিচুপি আঁকছিলাম তোমার জলছবি।

হঠাৎ আকাশ হলো কালো,
গর্জালো ঈশান কোনে ঘন কালোমেঘ রোষে
দ্রিমি দ্রিমি বাজলো মাদল বনের ওপারে কোন দূর গাঁয়ে।

নামলো বর্ষার বৃষ্টিধারা
টুপ্ টাপ টুপটাপ আমার মনের খেলাঘরে,আর
নেমে এলো আমার গরম ঠোঁট তোমার তোবড়ানো গালে।

সেদিন বিকেলে মধুপুরে
কালোমেঘ সরে গেলো, আর মহুয়ার রঙে--
আকাশ আঁকলো বুঝি মেঘের চাদরে,আমাদের জলছবি।

নীলাক্ষ্মী - ১০

আজ সকালে যখন এসেছিলে তুমি প্রান্তিক স্টেশনে,
তখন তোমার ওই গভীর গোপন নাভিমূল
তিরতির করে কাঁপছিলো,
কুমারীর মেয়ের মনে জাগা নুতন প্রেমের কবিতার মতো।
বাতাসে ছড়িয়ে পড়েছিল হয়তো আবার
আগেকার মতো চন্দনের গন্ধ, অঘ্রানের পাকা ধান যেন ।

সকালের ফোটা গোলাপের রক্তিম পাপড়ি দিয়ে
দুহাতে সাজিয়ে দিয়েছিলে আমার যাত্রাপথ ;
সুগন্ধি চন্দন মাখা হাতদুটো ধীরে ধীরে,
নেমে এসেছিলো আমার নাভির নীচে, আরো নীচে
লেপে দিয়েছিলো রং দিয়ে শেষবার,আমার সৃষ্টির পথ,
আর তুমি ঠোঁট নেড়ে বারবার বলেছিলে '
ভালোবাসি,ভালোবাসি।'

মনে পড়ছিলো--
কাল রাতে বলেছিলে তুমি
ফুল দিয়ে ঢেকে দেবে আমার নিথর শবাধার
সুগন্ধী চন্দন দিয়ে লেপে দেবে

আমার গোপন উরুসন্ধি।
রং দিয়ে ভরে দেবে আমার উঠোন আর আমি বলেছিলাম
'তোমাকে ভালোবাসি ছবি, ভালোবাসি, শুধু ভালোবাসি।'

কাফেরের ভালবাসা

দিনের প্রথম রোদ পড়েছিল তার গালে
তার কাপড় চোপড়ে লেগে ছিল বুঝিবা রাতের
বাসি স্বপ্নগুলি,
আর চোখেমুখে লেগেছিল ভোরের আকাশ নীল ।
তার হাতে ছিল বসরাই গোলাপ ফুলের কুঁড়ি;
হেসে বলেছিল 'নাম আমার নীলাক্ষী পারভিন মিতা'।
তার হাসিতে কি ছিল ?
ইয়া খোদা!এই কাফের মুহূর্তে তাকে ভালবাসলাম।

গরম বাতাসে সে আঁচল উড়িয়ে আমার কাছে এসেছিল,
তখন দুপুরবেলা ।
লাল শাপলায় ঢাকা এনাক্ষী পুকুরে দুজনে নাইতে নাবলাম।
ফুল হয়ে ঝরলো সে বুকের গভীরে,
তার ঠোঁটে আমার গরম ঠোট রাখলাম।
ইয়া খোদা!এই মালাউন তাকে আজ ভালবাসলাম।

সে তার চোখের পানি দিয়ে মুক্তা ঝরালো,
ভিজিয়ে দিল আমার পেছনে ফেলে আসা পথ
পলাশের লালে ঢাকা নামাবলী ওড়ালো সে

পশ্চিম আকাশে, যেখানে সময় আজ
মেঘ হয়ে ঝরে পড়ল নীল মেঘনায়।
ইয়া খোদা!এই কাফের যে চিরকাল তাকে ভালবাসলাম।

আকাশ প্রদীপ

আকাশ প্রদীপ এই হেমন্তে আবার জ্বালাবো কি আমি ?
পুরুষ নারীর বিভেদের সলতে চুবিয়ে?
তার মাঝে যদি দেই একমুঠো নুতন ধানের তুষ
রজঃস্বলা মেয়ের কাপড়ে বেঁধে?
তিরতির করে বাতাসের সিড়ি বেয়ে লাল লাল,
সার সার, আকাশ প্রদীপ আজ উঠতে উঠতে
মুছে দেবে সব আকাশ নিষেধের সীমারেখা ।

একবার আয় নীলাক্ষী পারভীন মিতা,--
সময় হয়েছে এখন তুই আর আমি মিলে
যুবতী মেয়ের রজ মাখা লাল কাপড়ে এবার
মোটা মোটা সলতে পাকাবো,
উর্বশী নারীর ফর্সা বুকের পাহাড়ে ঋজু হয়ে
দাড়িয়ে আমরা এবার যে বিরাট আগুন জ্বালাবো,
তার লাল লাল শিখা আকাশ প্রদীপে ভর করে উঠবে,
উঠবে আরো উপরে, উঁচুতে, ঠিক ছুঁয়ে ফেলবে এবার,
ওই সবরিমালার উত্তুঙ্গ শিখর।
তোর রক্তমাখা কাপড়ের পাড় দিয়ে আকাশ প্রদীপ জ্বালাতে
দিবি কি পারভীন মিতা?

অন্ধকার

আমার সামনে আমি দাঁড়িয়ে ছিলাম
পেছনে দাঁড়িয়ে আছি আমি ।
দুর্বার বাতাসে, আকাশের মশারিটা ফুলে উঠছিল
বারবার, আমি ভয় পাচ্ছি কারণ
আমার সামনে শুধু চাপ চাপ অন্ধকার ।

সময়ের আঙুলের ফাঁক দিয়ে চুইয়ে পড়ছে অন্ধকার,--
অন্ধকার সেঁদিয়েছে আকাশের লেপের তলায়
আমার পায়ের পাতা ঢেকে গেছে অন্ধকারে,
দিনের জিভের লালা রাতের ঠোঁটের কষ বেয়ে
নেমে যাচ্ছিল তরল অন্ধকারে ।

হঠাৎ উঠল ঝড় রাতের আকাশে
সরে গেল কালো মেঘের দেয়াল
অন্ধকারে ঢাকা আকাশের বুক চিরে
লাগল দুচোখে এক আলোর ঝলক,
দেখলাম,কুয়াশার দাওয়ায় দাঁড়িয়ে আছ তুমি
আলোর বর্তিকা নিয়ে সার সার,
হাতছানি দিয়ে ডাকছ আমাকে বারবার ।

আমাকে আলোর কাছে হাত ধরে নিয়ে যাবে নীলাক্ষ্মী পারভীন মিতা ?

মুনিরা তুমি

তুমি হাত বাড়িয়ে দিতেই কবিতারা সারবেধে এসে দাঁড়ালো
সামনে, মুনিরা
যৌবনে উঠল জেগে ছন্দের হিল্লোল,
গান হয়ে সাজালো আকাশ রামধনু দিয়ে ।
প্রেমের পিছল ঘাট বেয়ে ঝরলো নিসর্গ গুলো
টুপ টুপ করে,
গানগুলো জমা হলো সময়ের আলনায়।

তুমি হাত বাড়িয়ে দিতেই গানগুলো সারবেধে এসে দাঁড়ালো
সামনে,
নিবিড় আলাপে ভরা কোমল গান্ধারে,
তোমার সুডৌল হাতের কানা বেয়ে
ঝরঝর করে ঝরলো এবার,
প্রেম হয়ে মদালসা সময়ের কণ্ঠীর উপর,আমার সখীর
মালাচন্দনে।

তুমি হাত বাড়িয়ে দিতেই আজ ভোরবেলা প্রেম এসে দাঁড়ালো
সামনে,
কুয়াশার গন্ধ নিয়ে বাতাসের সিড়ি বেয়ে নেমে

এসে, তোমার বুকের ভাঁজে এঁকে দিল সার সার
শব্দের নিটোল আলপনা।

তুমি হাত বাড়িয়ে দিতেই শব্দগুলো সারবেধে এসে দাঁড়ালো সামনে,
কালো কালো অক্ষরেরা অনন্ত সময় ধরে
প্রেমের দেয়াল জুড়ে এঁকে দিল পরম আদরে তোমার নরম ঠোঁট,
থেমে গেল সব শব্দ, শান্ত হলো চরাচর।
তোমার গরম ঠোঁট একবার ছোঁয়াবে আমার ঠোঁটে মুনিরা?

মহাজবিন

আজ মহাজবিন আমার কাছে এসেছিল,শেষবার-
ইমানুল ডাক্তারের মেয়ে,
যাকে আমি ছোটবেলা থেকে ভালবাসি।
বাবা আমার গঞ্জের মহকুমা অফিসের তহশীলদার
ছিল,আর আমাদের বাড়ী সুনামগঞ্জের ঘোষপাড়া।

সেই কবে কতকাল আগে স্কুল পালিয়ে
দুজনে গেছিলাম টেঙুর হাওরের পাড়ে,
কাকচক্ষু জলে ডুবিয়ে পায়ের পাতা,
আর ওর ডাগর চোখের তারায় চোখ রেখে
আবোল তাবোল কত গল্প করলাম, আর ওকে ভালবাসলাম।

"মহাজবিন মানে কি?" জানতে চেয়েছি একদিন
খালেদ মাস্টার কিছুতেই বলতে পারেনি মানে,
বাবাকে বলতে ভয় হলো,চুপ করে থাকলাম;
মহাজবিনকে আমি আরো বেশী ভালবাসলাম।

তারপর কেটে গেল কতকাল--
বাবা চলে গেল বিরানব্বই সালে, হিন্দুরা কোতল

দিবাকর পুরকায়স্থ

হল দলে দলে, বিশাল দাঙ্গায়।
ভারতের কোন শহরে কোথায় কারা মসজিদ ভেঙেছিল,
তার দাম দিল বাবা জান দিয়ে ।
অনেকে পালালো পাড়া ছেড়ে,
আমি একা মাকে নিয়ে,আর ছিল মার নারায়ণশিলা ।
সবাই বলল "পালা, সময় থাকতে পালা।"

মহাজবিন দাঁড়ালো মাঝখানে এসে,আমার বাড়ীর
দরজায়, চোখ যেন আগুনের গোলা,
দাঙ্গাবাজগুলো ফিরে গেল ওকে শাসিয়ে,
"উঠিয়ে নিয়ে যাবো একদিন" বলে ।
ভয়ে ওকে আমি বুকে চেপে ধরলাম আর
পাগলের মতো এই মালাউন তাকে ভালবাসলাম।

উঠিয়ে নিয়ে গেল একরাতে, ওকে নয়,
এবার আমাকে --
ওরা ছিল আট দশ জন বাধা দিয়ে লাভ নেই;
সকালে আমাকে রেখে গেল বাসায়, অজ্ঞান আমি
গোপনাঙ্গ থেকে রক্তে ভেসে যাচ্ছিল পাজামা
আমাকে খতনা করা হয়েছিল ।
সাড় ফিরে পেয়ে মুখের সামনে মহাজবিনের
মুখ দেখতে পেলাম আর ওর বুকে মুখ রাখলাম,

ওকে এই কাফের গভীর ভাবে ভালবাসলাম।

আজ সুরমার পাড়ে শুয়ে আছি আমি,
,মানে শোয়ানো হয়েছে আমার নশ্বর দেহ,
ফুল দিয়ে ধীরে ধীরে ঢাকা পড়ছে আমার
বুক, পেট, গলা আরো সব অঙ্গ,এমন সময়
কোথা থেকে যেন কানে এলো শেষবার
এক পরিচিত পায়ের চপল শব্দ-
তারপর?

তারপর--
মহাজবিন বসলো এসে ধীরে ধীরে পাশে
চন্দন দিয়ে লেপে দিল আমার তলপেট,
তারপর আরো নীচে,যেখানে আমার সৃষ্টি থেকে
জন্ম নেবে এক সুন্দর সুঠাম ভবিষ্যত--
এই পাগল কাফের শেষবার তাকে ভালবাসলাম।

দিবাকর পুরকায়স্থ

নারী তুমি

আমি এবার নুতনভাবে একটু ভাবতে চাই।
আমি একবার শুধু তুমি হতে চাই।

কাল সকালে, দেখতে চাই আমি
আমার সুঠাম বুক ঠেলে উঠেছে উপরে,
নরম হয়েছে মাখনের তাল আর
পাহাড়ের উপর ধরেছে তামাচূড়া রং ।
আমার চিমসে পাছা ভরাট হয়েছে,
হাঁটায় আমার গুরু গুরু ঠমক এসেছে,
কলা বিনুনি বেঁধেছি আমি চুলে, আর--
পাছাপেড়ে শাড়ী জড়িয়েছি আমার কোমরে।
তুমি হয়ে গেছি আমি এবারে।

এবার দেখবে আমি ঋতুমতী হব,
এবার দেখবে আমি হব বীর্যশুক্লা ,
দেখবে এবার আমি, তুমি হয়ে
দয়িতের কাছ থেকে নেব বার বার যৌনসুখ,
কারণ এবার আমি গর্ভবতী হতে চাই;
অনুভব করতে চাইব আমি প্রসব বেদনা

আর নাড়ি ছেঁড়ার যন্ত্রণা সুখ--
আমি একবার শুধু 'মা' হয়ে বাঁচতে চাই।
আমি একবার তুমি হতে চাই।
আর জন্মে বার বার নারী হয়ে জন্ম নিতে চাই।

দিবাকর পুরকায়স্থ

ঋতুস্নান

(১)

নির্জন দুপুরে
তোর বাসরে
কাঠফাটা রোদ্দুর
গরম বাতাসে তোর ঘামের গন্ধ পেয়ে
আমি দাঁড়ালাম, ঋজু আমি
দৃঢ় আমি
তোর গোপন দরজায়
ঝরলো আমার ঘাম
আমাদের আজকের অভিসার করলো
কালাতিক্রমন।

(২)

ভরা বর্ষায়
মন মাতলায়
তোর শাপলায়
ডুবলাম আমি
তোর মনের বদ্বীপে
নিষিদ্ধ কামনায়

আর একবার আজ আমার
রাত্রিযাপন।

(৩)

তোর শরীরের রঙ আকাশ নীল
হালকা মধুগন্ধী হিমেল হাওয়ার মতো
তোর গায়ের গন্ধ
আঠালো মিঠে মধুর মত
গড়িয়ে পড়লি তুই
আমার উপর
আজ আবার আমাদের রাতবাসর
মধুগুঞ্জন ।

(৪)

তোর ছোঁয়া
হেমন্তের শিশিরের মতো ভেজা
তোর শরীর
হালকা ভেজা ঘাস,
ভোরের আকাশ
আমার পাশে তোর
আজকের ভোরবেলা

রতি সুখের পরের অনুভুতির
অনুরণণ।

(৫)

আমার শীতপোশাক তুই
তোর ওম
তোর আদর
আমার বিছানা
তোর শীতে
আমাদের আজ সহবাস
পাপস্খালন।

(৬)

পালাবদলের মধুমাসে আজ
তুই আছিস আমার পাশে
আসঙ্গলিপ্সায়
জলসুখ সহচরী
তোর জলে ডুবে
আমাদের আজ ঘাটশ্রাদ্ধ
তিলতর্পণ ।

চুমু

যেদিন আমাকে সবাই জিজ্ঞেস করলে আমি তোমাকে
ভালবাসি কিনা
সেদিন আকাশ সাক্ষী রেখে তোমার গরম ঠোঁটে
ঠোট রেখে চুমু খেয়েছিলাম ।

যেদিন আমাকে তোমরা জিজ্ঞেস করলে আমি
আমি কবিতা লিখতে পারি কিনা
আমি বর্ডারের কাটাতারে রক্তমাখা ঠোট দিয়ে
চুমু খেয়েছিলাম ।

যেদিন আমাকে তোমরা জিজ্ঞেস করলে আমি
ঈশ্বরে বিশ্বাস করি কিনা
তোমাদের ঈশ্বরকে পেছন থেকে জাপটে ধরে
তার ন্যাংটো পোঁদে চুমু খেয়েছিলাম ।

যেদিন আমাকে তোমরা জিজ্ঞেস করলে আমি রাজনীতি বুঝি
কিন
আমি গর্দভের লেজে ধরে মৃত গণিকার পাছায় সেদিন চুমু
খেয়েছিলাম ।

তুই ছিলি

তুই ছিলি, তাই
একমুঠো রোদ ধরলাম।

তুই ছিলি, তাই
ভোরের শিউলি কুড়ালাম।

তুই ছিলি, তাই
হাওয়ায় গন্ধ ছড়ালাম।

তুই ছিলি, তাই
মেঘের মাদল বাজালাম।

তুই ছিলি, তাই
নিষেধের বেড়া ভাঙলাম।

তুই ছিলি, তাই
তুই পাগলিকে ভালবাসলাম।

এক আশা

কি বললে? আমি আসিনি কো?
না, আমি আসিনি গতকাল।
তোমার সঙ্কেতে আমি আসিনি সেদিন
নীলাক্ষি পারভীন মিতা, --
আমি সেদিন আসিনি।

আমি আবার আসব সেদিন,
যেদিন সারা চরাচর জুড়ে
'লা ইলা লা মোহাম্মদ রসুল আল্লাহ'
পয়গম্বরের মহানাম
'ত্যেন ত্যক্তেন ভুঞ্জীতা' এই
ঋগ্বেদের ওঙ্কারের সাথে
ধ্বনিত হবে একসাথে --
আলোর সোপান বেয়ে আকাশে উঠবে
এক ঈদের কস্তুরী চাঁদ।

আমি আবার তোমার কাছে আসব সেদিন
নীলাক্ষি পারভীন মিতা
আমি আবার আসব।

বমনের আগে

চোখ রাখলাম তোমার দুদুটো
নাকের ফুটোয়
খুঁজে নিতে চাইলাম
তোমার নির্যাস, আর গন্ধ বাস
গড়ানো সিকনি আর হাঁচি,কফ
নাকের পাটায় সর্দি মাখা নাকছাবি,
তোমার জ্বরের জলছবি।

তোমার চোখের পাতাদুটো বন্ধ,
গলা ঘড়ঘড়--
মাতাল আমার নাক
শুঁকে নিতে চাইল তোমার বমনের গন্ধ
মুখের ভেতর লেগে থাকা
তোমার উগরে দেওয়া খাদ্যকণা
চেখে নিতে চাই আজ একবার।

বেঁচে থাকতে চাইব, নীলাক্ষী
শুধু ক্লেদ আর তোমার ঘামের মাঝে
মাখামাখি হবে আমাদের চরাচর জুড়ে
শুধুই তোমার বমনের আর
সর্দির দুর্গন্ধে।

বমনের পর

আমি
শুয়ে আছি পাতিপুকুরে
তোমার দুর্গন্ধ গায়ে মেখে
মাছি করছিল ভন ভন চারপাশে।
আমি
তোমার নাকের সিকনির সাথে
মেখে নিয়েছি তোমার বমনের বর্জ্য
তারপর শুধু গব গব গরাসে, তোমার
শরীরী আলাপে সব গিলে নিচ্ছি পরম আদরে
আমি
তারপর কালঘুমে ঘুমিয়ে পড়ব নীলাক্ষী পারভীন মিতা।

মুনিরা

(মুনিরা চৌধুরী স্মরণে)

বহতা সময় সূচকের কালাতিক্রমন করে
তোমাকে পেয়েছি তোমার কাঙ্খিত পথে
অলককুন্তলা,অংসরূঢ়া চারুবাস তুমি, আর,--
তোমার হিমেল শরীর বেয়ে চুইয়ে চুইয়ে পড়ছিল কবিতা,
তোমার কুন্তল চূর্ণে, সুবঙ্কিম ভ্রূযুগলে, তোমার কপোলে,
গণ্ডদেশে, অংসে, স্তনাগ্র চূড়ায়;
তোমার সুগভীর অববাহিকা বেয়ে, ত্রিকোণ প্রেমের স্বর্গ পেরিয়ে,
উৎসে, আগুলে গড়িয়ে পড়ছিল কবিতা।

নিদাঘের সূর্য আর প্রদোষের চন্দ্রিমা প্রাবৃটে রচে চলেছিল
তোমার মঙ্গলকাব্য,
আর বহুদুরে
জলে ভেজা কাঠকাছিম অলস বিকেলে
নিভৃতে গাইছিল ফিস ফিস করে 'মুনিরা, মুনিরা'।

অলকার যক্ষিণী

বিরহী যক্ষপ্রিয়া তুমি
উত্তর মেঘের চিঠিখানা একবার পড়ো।
অশান্ত বিষণ্ণ অলকাপুরীতে
বহুকাল ধরে
প্রোষিতভর্তিকা তুমি।
অনেক রক্তাক্ত প্রতীক্ষা নিয়ে
আলসেতে ঝুঁকে দাঁড়ানো তোমার
অবয়ব, তোমার ভ্রূভঙ্গ
আর নীল পাথরের চোখ দিয়ে গড়ানো
জল টলটল,
অলকায় ভৈরবের স্রোত
আর চাঁপা দীর্ঘশ্বাস।

ধোঁয়া আর আগুনের সিঁড়ি পেরিয়ে
অনেক অবরোধ আর অশান্তির ঘেরাটোপ
পার করে
উত্তর মেঘের হাত ধরে
নির্বাসিত দুরদেশ থেকে পাঠানো যক্ষের
একফোঁটা আশার কূহক

নীল খামে লুকানো আবেশ
একবার খুলে পড়ো, যক্ষপ্রিয়া
ইতি তোমার কালিদাস।

ভেজা প্রেম

তোমার গালের দুপাশ দিয়ে অন্ধকার যখন চুইয়ে চুইয়ে নামল
মিথুন সময় আরো নিবিড় হলো
মোহনার কাছে
মাসদগ্ধা অববাহিকার ভিজে পলিমাটি জুড়ে
তুমি আমি
আর আমাদের নিবিড় প্রেমের সাক্ষী
এক চাঁদ।

দিবাকর পুরকায়স্থ

রাত নিরালায় একশ বছর

তুমি বলেছিলে তাই
রাতের নিকষ কালো আকাশের দেয়ালে আমার পিঠ ঠেকিয়ে বসলাম

তুমি বলেছিলে তাই
আকাশের গা থেকে তারার বুটিদার চাদর নামিয়ে আমি গায়ে জড়ালাম

তুমি বলেছিলে তাই
দখিনা বাতাসে ভেসে আসা গরম কফির গন্ধ নিয়ে পেয়ালায় চুমুক দিলাম

তুমি বলেছিলে তাই
একশ বছর ধরে রাত নিরালায় তোমার আসার পথ চেয়ে বসে থাকলাম

তুমি বলেছিলে তাই
খোলা জানালার পাশে বসে পিয়ানো বাজিয়ে তোমার আকাশ ভরে দিলাম

এক নীলবসনা সুন্দরী বলেছিল
তাই তাকে পাগলের মতো ভালোবাসলাম।

দিবাকর পুরকায়স্থ

পিয়া ডোর

কাল বিকেলে
ঘুরে তাকালে
নেশা জাগালে
এ মন ভুলালে
কেন বলো না

রাত পোহালে
কথা ফুরোলে
মুখ লুকালে
কেন ফেরালে
কেন বলো না

আজ বিকেলে
কোন খেয়ালে
এ মন হারালে
কেন পালালে
তুমি বলো না

মন পিয়া

ভরা বর্ষায়
আসমান গর্জায়
মন মাতলায়
ডানা ঝাপটায়
ও মন খুলনা।

মেঘ বরষায়
দুর মোহনায়
ভরা বাদলায়
ডাকে আয় আয়
মন বুঝি ছুটে যায়
ও মন খুলনা।

ঘোর সন্ধ্যায়
সাঁজবাতি চমকায়
ভৈরবের কিনারায়
রাঙাপানি ছলকায়
দোলে মন দোলনায়
ও মন তুই দোলনা।

রাত জোছনায়
খোলা জানালায়
পিয়া বসে নিরালায়
মন তুই ছুটে চল না।
ভোর হতে দেরী নেই
উড়ে যেতে মানা নেই
মন তোর ডানা খুলনা।

যতি

কানের লতি বেয়ে গড়িয়ে পড়ছে জল
আর আমি জলের আয়নায় দেখছি
তোমার বৃষ্টি ভেজা সকাল
জলে ডুবুডুবু আসঙ্গলিপ্সা
ভেজা ঘাসে
সময়ের চন্দন মুহূর্ত
নিলাজ পেখম ধারী যূঁই
রূপকথা গুলো এবার চুপকথা।

দ্বিতীয়া

কাছিমের খোলার মতন পিচ্ছিল অন্ধকার এর গা বেয়ে নেমে গেছে রাত
বন্ধ দরজার
ওধারে
আদিম যৌনতা
খুলে যায় কবরীর বাঁধন
সব পাওয়ার
আশ্লেষে।
আফ্রোদিতির বুকের তামাচূড়ো বেয়ে নামে এখন
অঝোরে বৃষ্টি
জলের সিঁড়ি বেয়ে আরো দুরে অববাহিকায়
নেমে যায়
দ্বিতীয়ার চাঁদ।

দৃষ্টিসুখ

দুটো চোখ আর তার
আর ঐ কাজল কালো মণি দুটো
যেন অতলান্ত এক প্রতীক্ষা;
বাঁকা কালো মোটা ভুরু দুটো যেন
দরজার উপরে পাহারা দেয় দিনরাত
অযাচিত দৃষ্টির অনধিকার অভিপ্রেত থেকে ।
মাঝখানে, সুডৌল টিকালো লোভনীয় নাক
আর তার নিঃশ্বাসের সুগন্ধ,মাতাল করে মন;
আরো নীচে,
উপরের ফোলানো ঠোঁটের
বিন্দু বিন্দু ঘাম যেন ডাকে
চেখে নিতে তার নোনা স্বাদ
নীচে কমলালেবুর কোয়ার মত অপর ঠোঁট
যেন অপেক্ষায়
গরম জিবের স্বাদ নিতে
গরম লালার আর দাঁতের মাঝে পিষ্ট হয়ে
অমৃতের সুখ নিতে ।

অপেক্ষা

১

আবার হয়ত কেটে যাবে অপেক্ষার কুড়িটা বছর।
হয়ত আবার কুড়ি বছর পেরিয়ে
সোনালী ধানের মাঠ ঘাট খাল বিল নদী নালা পেরিয়ে
তোমার সময়ের উঠোনে
আমার কাদা মাখা জুতো চিহ্ন রেখে যাবে
তোমার প্রেমের আল বেয়ে ওঠা
এক হৃদয়ের প্রতিলিপি।

২

ভালো থেকো তুমি ততদিন,
যতদিন সময়ের ধান সোনালী হয়নি
বাংলার নদী নালা বহতা সময় ধরে
খটখটে শুকনো হয়নি
অঘ্রাণের আকাশ থেকে শিশির পড়েনি ঝরে
আমি আসবো সেদিন সময়ের উজান বেয়ে
অপেক্ষায় থেকো ততদিন আমার
নীলাক্ষী পারভীন মিতা, অপেক্ষায় থেকো।

অন্য জন্ম

আমি যদি আরো বিশ বছর এগিয়ে জন্ম নিতাম
তবে কি দেখতে পেতাম এলভিস প্রিসলেকে?
জিম রিভস, রিচি ব্লেকমোর অথবা অলিভিয়া নিউটন জন ?
আমি যদি রেকর্ড প্লেয়ার না দেখতাম ক্ষতি হতো কিছু?
আমি হয়ত গাভাস্কার, ভিভিয়ান রিচার্ডকে ছবিতে দেখতে পারতাম
আমি বার্লিন ইউনিফিকেশন ইতিহাসে পড়তাম
আমি দেখতাম না বাবরি মসজিদ, আমি দেখতাম না কংগ্রেসী ভারতবর্ষ,
আমি হয়ত দেখতাম না নব্বুই এর তিয়ানম্যান স্কোয়ার ।

আমি যদি একবিংশ শতাব্দীতে জীবনানন্দের গাঙচিল হয়ে জন্ম নিতাম,
আমি উড়ে গিয়ে বসতাম দুরদেশে দয়িতার পাশে
নিবিড় কূজনে শোনাতাম আমার প্রেমের ভাষা
নিষেধের বেড়া থাকতো না, সরকারী পাসপোর্ট কেউ চাইতো না,
বিভেদ থাকত না দুই বাংলার।

আমি যদি একবিংশ শতাব্দীতে জন্মাতাম,
কাঁটাতার পার করে বল্গাহীন আমি এক
দৌড়ে পৌঁছে যেতাম তোমার পাশে
হাত ধরে তোমাকে নিয়ে পালাতাম অজানা মুলুকে
কানে কানে বলতাম তোমাকে কত কথা,
আমার নীলাক্ষী পারভীন মিতা।

বিপ্রলব্ধা

রাতের আকাশে যখন হিমেল হাওয়া বয়
সোঁদরবনের সোঁদা সোঁদা গন্ধ
ওর চুল থেকে গড়িয়ে পড়ে,
ওর পেলব হাতের কনুই বেয়ে নামে
নীচে,আরো নীচে,আঙুলের ফাঁক দিয়ে
গড়িয়ে পড়ে তরল অন্ধকার,
আর বৃষ্টি নামে।

রাতের আকাশে যখন বৃষ্টি নামে
অন্ধকার খুপরি ঘরের বিছানায়
কেঁপে ওঠে ও।
ভৈরবের জলে জাগে
পিয়া মিলনের আদিম উল্লাস
অন্ধকার বাড়ায় সর্পিল হাত,
খেলা করে প্রেমের জোয়ারে,
ওর নরম শরীর জুড়ে
ওর প্রতি রোমকূপে জাগে আর্তি;
সুখের,আদরের ।
রাতের আঁধারে যখন আদরের বন্যা নামে

সারা শরীর জুড়ে বয়ে যায়
রতিস্নানের পরশ
ঝরঝর বৃষ্টিতে ভিজে
শরীর একসা হয় বারবার
তরল সঙ্গমের আবেশে কেঁপে ওঠে শরীর।
জেগে থাকে শুধু প্রতীক্ষা
আর বিপ্রলব্ধা
নীলাক্ষী পারভীন মিতা।

সোঁদরবনের মৎস্যকন্যা

জলের দরজায় পৌঁছে তোমার শরীরের আঁশটে গন্ধ নাকে লাগলো
কৌণিক দুরত্বে তোমার ছুচোলো ঠোঁট,
কানদুটো তোমার কানকো
সোঁদরবনের জলে ভেজা তুমি মৎস্যকন্যা।

'তুমিতো আমার নীলাক্ষী পারভীন মিতা'
ছুচোলো ঠোঁটে ঠোট ঘষি আমি
তোমার ঠোঁটের লালা ঠোঁটে মেখে
আমিও মাছ হয়ে গেছি।

দিনরাতের কাব্য

বাসর রাতে মানভঞ্জনের পালা হলো শেষ
শিয়রে ফণা তুলে দাঁড়ায় সাপ।
রাত শেষে
কলার মান্দাসে ভেসে যায় সুখ,
দুখের উপনদী বেয়ে
সঙ্গম সুখের উল্লাসে আর
বাদাড়ে শোয়ানো গলিত শব বেহুলার।

নিষ্পাপ হাসি

মাত্র সাড়ে তিন ঘন্টার দুরত্বে থাকে সেই নারী
নিষ্পাপ মুচকি হাসি ঠোটে নিয়ে,
যার শরীরের সুগন্ধ বাতাসে ভেসে এসে
আমাকে মাতাল করে
রাঙা পলাশের পাপড়ি ঝরে বুকে।
তার খোলা চুল যখন দামাল বাতাসে ওড়ে,
সময় আটকে যায় দ্রাঘিমার কাছাকাছি
নিরক্ষরেখায় আমি শুয়ে পড়ি।
তার নিষ্পাপ চাউনি,কপালের কালো ফোঁটা
ঝড় তোলে আসমানে বারবার
আমি তার প্রেমে পড়ি।
তার ঠোঁটের গরম স্বাদ, তার নির্জন হাত
আমি অনুভব করি শুধ,
আজ সময়ের দ্রাঘিমায়
সে আমার থেকে আধঘন্টা এগিয়ে আছে।

চাওয়া পাওয়া

একটা ফুল ছুঁতে চাইলাম
ফুল গন্ধ লুকালো
একটা তারা ছুঁতে চাইলাম
আরো দুরে সরে গেল
এবার চাঁদ ছুঁতে চাইলাম
জোছনা লুকিয়ে গেল
একটা নদীর গভীরতা মাপতে গেলাম
নদী শুকিয়ে গেল
এবার আমি সব লণ্ডভণ্ড করে দেব।

প্রেম ও বর্ডার

বাতাস নিয়ে এলো তোমার চুমুর স্বাদ
তৃপ্তির আশ্লেষ
তোমার গরম জিবের লালা
তোমার মুখের গন্ধ।

তোমার দুগালে কামড়ের দাগ
ছড়ানো দুদিকে,
মাঝখানে উঁচু বর্ডার আর
আমার ঠোটের রক্ত
বর্ডারের কাঁটাতারে লেগে আছে।

দিবাকর পুরকায়স্থ

ফজরের নামাজ

নিজেই নিজের শবদেহ কাঁধে নিয়ে ঘুরে বেড়াবো আর
কতকাল?
চাঁদনীর ঘাট থেকে সদরঘাট হয়ে নাটোরের রাজপথ পেরিয়ে
চলেছি এবার সাতক্ষীরা।
পথহাটা শেষ হলো না এখনো।
রোজ রাতে একবার মরে লাশ হয়ে নিজেরই
কাঁধে চড়ে ধাওয়া করি এপাড়া, ওপাড়া
পাঁচপাড়া, পূবপাড়া সব কেমন গুলিয়ে ফেলি
ইশার নামাজ শুনে শুনে কালা হয়ে গেছি আমি
ফজরের নামাজ শুনতে চাই এবার ।

হে ঈশ্বর ! ফজরের নামাজ শুনাবে একবার?

এপার ওপার

হেঁটে হেঁটে পার হই অনেকটা পথ
সামনেই মনচোরা নদী
যা ছিল আমার দেশ,ওপারে
বাতাসে ফাগুন ওড়ে
আর আমি নির্বাক এপারে
মনে দুরন্ত আগুন চেপে রাখি আমি
আজকাল আর ফাগুন আসে না,
ওপারে আমার প্রেম শুয়ে আছে ।

তোমাকে

তোমাকে খুঁজে খুঁজে হেদিয়ে মরছি
এপার ওপার,হয়রান আমি
তুমি কোথায় লুকিয়ে আছ?

সেদিন সকালে চানের পর
তোমার নিটোল গাল বেয়ে
যে জলের ফোঁটা নামল,
তার উপরে লিখতে চাই
আমার কবিতা
আমার নাম
তুমি লিখতে দেবে তো ?

মধুকুঞ্জে প্রেম

দাঁড়িয়ে ছিলাম তোমার সাথে বৃষ্টিতে ভিজবো বলে
সামনে বিশাল কপোতাক্ষ
নরম মাটিতে তোমার পায়ের ছাপ
তোমার ভেজা চুল
গাল বেয়ে নামে ফোঁটা ফোঁটা প্রেম
তোমার সঘন নিঃশ্বাস
জলের জানালা দিয়ে আছড়ে পড়ে
আমার মুখে,আমার বুকে,
ভিজে একসা হই দুজনে।
জলের সোহাগে ডুবে যাই আমার অঁরিয়েত্তার প্রেমে।

দিবাকর পুরকায়স্থ

জলছবি

জলের তলায় শুয়ে আছি কতকাল
মাঝে মাঝে জলের খিড়কি খুলে দেখি
তুমি আসবে বলে
আজ তুমি এলে জলে ভেজা কাপড় জড়িয়ে গায়
জলে ভেজা ঠাণ্ডা তোমার হাত
আমার জলের হাত দিয়ে ধরি
তোমাকে ছুঁয়ে দেখি
তোমার কপালে জলের কালো টিপ
চোখের পাতায় জলের কাজল
তোমার নরম জলের গালে হাত দিই
তোমার ঠোঁট দুটো জলে ভেজা
আমার জলের ঠোঁট তোমার ঠোঁটে ছোঁয়ালাম
জলে ভেজা আমাদের আজ যে বাসর ।

ভয় কি

চল না কাল খুব ভোরে   চলে যাই
মধুর সাগরদাঁড়ি
'মধুকুঞ্জে' হাঁটব দুজনে
ফুলগুলো ঝরে পড়বে কবিতা হয়ে
পা ডুবিয়ে দুজনে বসবো
কপোতাক্ষের স্থির জলে
জলে সাপ থাকবে, মানুষ নয়
তাহলে ভয় কি ?

চল না দুজনে চলে যাই সোঁদরবন
খুলনা শহর থেকে মঙ্গলার ঘাট
বৃষ্টি নামবে তখন আমাদের ভেতরে বাইরে
জলে খুব ভিজবো দুজন
ঝাপাবো মঙ্গলার জলে
জলে আছে   কামট কুমীর, ডাঙায় আছে
ডোরাকাটা বাঘ,মানুষতো নয়,
তাহলে ভয় কি?

সূর্যমুখী

হলুদ ফুটন্ত কুঁড়ি থেকে
চোখ পিটপিট করে তাকালো
নুতন সূর্যমূখী--
পাপড়ি সরিয়ে চোখ মেলে তাকালো সূর্যমূখী ।

সতেজ সবুজ ডাটিয়াল সূর্যমূখী
ডানা মেলে এবার
পেরিয়ে বাদাড়,ঝোপঝাড়
ঠিক পৌছে যাবে ঠিকানায়
কানে কানে বলবে ফিসফিস করে
'ভালবাসি তোমাকে'

সময় তখন দাঁড়িয়ে ছিল নিরালায়
সময় চলে যাবার আগে
আর একবার ভালবাসো আমাকে, সূর্যমূখী।

নিষিদ্ধ দুপুর

যুবতীর সুডৌল নাকের উপর জমে আছে
বিন্দু বিন্দু ঘাম
উপরের ঠোঁট তির তির করে কাঁপে আসঙ্গলিপ্সায়,
শব্দন্তের পেষনে রক্তাক্ত হয়
কমলালেবুর কোয়ার মত ফোলানো নীচের ঠোঁট,
থুতনির নীচে থাকা ছোট কালো তিল তাকায় নীচের দিকে,
যেখানে যুগল সান্ত্রী মাথা উঁচু করে দাঁড়িয়ে আছে পাহারায়।
আরো নীচে, অববাহিকায় নগ্ন নির্জন দুপুর
নিস্তরঙ্গ ঝর্ণার জলে ঢেউ ওঠে,
ঝরে পড়ে এবার গলানো রূপকথা।

দিবাকর পুরকায়স্থ

এন্ড্রোমিডায় প্রেম

নীলাক্ষী, তোমাকে নিয়ে আমি এবার চলে যাব এন্ড্রোমিডা
অযূত আলোক বর্ষ পেরিয়ে দুজনে এক নীহারিকা পুঞ্জ থেকে
আরো বহু নীহারিকা পুঞ্জ পার করে
এক মহাকাল থেকে অন্য মহাকালে,
সময়ের আপেক্ষিকবাদ মান্য করে
চলে যাব অন্য সময়কালে; আমি বাইশ বছর, পঁচিশ হবে
তুমি,-
অনন্ত কাল ধরে এন্ড্রোমিডা নক্ষত্রের
ঝুরঝুরে সাদা বরফের উপর পিছলে পড়বে তার কস্তুরী
চাঁদের আলো
ওই নীল চাঁদ আর তোমার দুই নীল চোখ
দুর আকাশের ঠান্ডা বাতাস,
আর তোমার গরম নিঃশ্বাস, তোমার আদিম প্রেম
আমি আর তুমি শুধু তুমি আর আমি,
আর অযূত চাঁদের আলপনা।
নীলাক্ষী! ভয় পেলে ?
ভয় নেই, হাত ধরো শক্ত করে,
এবার দুজন বদলে দেব ঠিক
সময়ের আলপনা।

যদি

নীলাক্ষী তোমার ঈদের চাঁদ
যদি হয় আমার চন্দ্রমা
তোমার জরিপাড় ওড়নার সাথে
আমার ফিনফিনে গরদের ধুতি আর উত্তরীয়,--
গাঁটছড়া বেঁধে, যদি হাত রাখি
তোমার মেহেন্দি লাগানো হাতে
যদি বাজে আমার গম্ভীরা বীণার সাথে
তোমার নিখাদ এসরাজ
যদি তুমি আমি এক হই ফুলের জলসায়
বায়তুল মোকাররমের দরজার গোলাপের পাপড়ির
পাশে যদি বাজে ঢাকেশ্বরীর শঙ্খ?

গোলাপের পাঁপড়ির সাথে রক্তকরবীর রঙ
ওড়াই দুজনে যদি
স্বচ্ছতোয়া করতোয়া সাক্ষী হয় যদি
আসবে তুমি নীলাক্ষী ?

দিবাকর পুরকায়স্থ

চন্দ্রগ্রহণ

আকাশের রঙ আজ ধোঁয়া ধোঁয়া
মেঘে ঢাকা তারা
শান্ত জলে উঠেছে জোয়ার
চাঁদ লুকিয়েছে লজ্জায়
কোথায় নিষ্পাপ হাসি?

প্রেম লুকিয়েছে ভুলের কোটরে
মন শুয়ে পড়েছে তোমার ভেজা মাটিতে
হে কপোতাক্ষ!
আজ বুঝি চন্দ্র গ্রহণ?

তোমাকে চাই

আজ আমি শুধু তোমাকেই চাই
তোমার চুলের গন্ধ শুঁকে নিতে চাই
তোমার চোখের জল শুষে নিতে চাই
তোমার নাকের সিকনির স্বাদ নিতে চাই
তোমার জিভের গরম স্বাদ শুষে নিতে চাই
তোমার মুখের লালা আর দুর্গন্ধের স্বাদ নিতে চাই
তোমার গালের ব্রণ আর সাদা পূঁজ চেখে নিতে চাই
আমি হাজার বছর ধরে শুধু তোমাকেই চাই।

দিবাকর পুরকায়স্থ

রাইকিশোরী

জলের উজান বেয়ে উঠে এসেছিল পড়ন্ত বিকেলে
প্রেম
পেঁচিয়ে ধরলো আষ্টেপৃষ্ঠে আমাকে জড়িয়ে
হাঁসফাঁস অবস্থা আমার,
এপারওপার সব একাকার হয়ে গেল আমার তখন
আকাশে ঈদের চাঁদ আর
বুড়ো শালিকের প্রেমের রাইকিশোরী।

যবনীর প্রেম

যবনীর পাথরের চোখ থেকে গড়িয়ে পড়ল পানি
শক্ত গাল বেয়ে গড়াতে গড়াতে চিবুক ছুঁলো,
আর আমার চিবুক ভিজিয়ে নেমে এলো বৃষ্টি
ভিজে একসা হলাম দুজনে।
ধীরে ধীরে আমি ওর ভেজা গাল থেকে
এক চুমুকে শুষে নিলাম ওর কান্না,
ওর গভীর দুঃখের ভেজা পাতাগুলো হাওয়ায় উড়ছিল,
আমি কুড়িয়ে কুড়িয়ে সব জড়ো করলাম
ওর দুঃখগুলো দিয়ে আমাদের ইমারত গড়লাম।
ওর পাথরের চোখে চুমু দিলাম,
আর ওকে ভালবাসলাম।

দিবাকর পুরকায়স্থ

পাঁচ প্রেম

পূর্বরাগ

শিশির ভেজা ঘাসের ডগায় আলো ছড়ালো
ঈদের চাঁদ
বুড়োশিবতলা মোড়ে
আগুন লেগে পুড়ে গেল এই একচালা ঘর
সব হারানো আমাকে পুরো গ্রাস করে নিলো
এক অপরূপ ঝলমলে ঈদের চাঁদ।

অনুরাগ

তির তির করে কাঁপছে জলের উপর আধখানা
হলুদ চাঁদ
কাঁপে ভৈরবের জল,
আর কুলুকুলু করে বয়ে চলেছে
নীচের দিকে মিলনের আকাঙ্খায়
দুরে, বহুদুরে ঝলমল করছে ঈদের চাঁদ।

ভাবোল্লাস

আকাশের দিকে তাকিয়ে থাকি সারারাত শুধু
তোমাকে দেখব বলে
তোমার আগুন রাঙ্গা রূপের আলোয়
পুড়ে ছাই হই আমি রোজ
এক নুতন আশায় বুক বাঁধি, আবার
নুতন প্রতিশ্রুতি।

আক্ষেপানুরাগ

নদীর পাড়ের ভেজা মাটি ধরে সোজা হাঁটা দিই
অজানার দিকে
গনগনে গরম রোদের তাপ চারপাশে
নেই কোথাও তোমার শান্ত আলো
তবে কেন রাতের আকাশ মেঘে ঢাকা
কেন নেই কোথাও ঈদের চাঁদ?

অভিসার ও বিপ্রলব্ধা

আজ রাতে হেঁটে পৌঁছে গেলাম সঙ্কেতে আমাদের
অল্প দুরে টলটল করে

কপোতাক্ষ, আর
জলের উপর হলুদ ঈদের চাঁদ
দুরে রাতজাগা পাখী ডাকে 'পিয়া পিয়া'
রাত কেটে গেল
চাঁদ ডুবে গেল
পিয়া মিলন হলো না ।

রক্তকরবী

আকাশ পরেছে ধানী রঙের কাপড়
ও যে আমার নন্দিনী!
গুড়গুড় মেঘের বেহাগ সুর
ধুন তুলছে দিগবলয়ের সীমারেখা ধরে
কচি কলাপাতা পাড় দিয়ে ঘেরা নদীর দুকূল
লাল রক্তকরবীর ঝাড় পেছনে
আগুন জ্বালা প্রেক্ষাপটে
ও যে আমার নন্দিনী!

সময়ের শিকলে বাঁধা মেঘ,
বাঁধা তার বিদ্যুত, বাতাস তার
সময়ের বেড়াজালে বাঁধা তার ঝঞ্ঝা
দুরে,বহুদূরে কাঁদে কেউ
বেজে ওঠে একেএকে রঞ্জনের সব সুর,
মুক্তির বাতাস ডাকে ইশারায়
ও যে আমার নন্দিনী!

বিকেলে আকাশ ভেঙে তোড়ে নামে বৃষ্টি
বিশু পাগলা বাতাস ঝোড়ো

গোঁসাইর ছোট্ট খেলাঘর
দাওয়ায় বসে দেবশিশু
আর আমি রাজা সংকেতে অপেক্ষায়
তুমি যে আমার নন্দিনী।

খুঁজে বেড়াই

আকাশের দরজার কপাট খুললাম
তোমাকে দেখতে পেলাম না।

জলের জানালার ছিটকিনি খুললাম
তোমাকে দেখতে পেলাম না।

মেঘের সাদাটে পর্দা ফাঁক করলাম
তোমাকে কিছুতেই দেখতে পেলাম না।

বাতাসের ঘুলঘুলি দিয়ে বাইরে তাকালাম
এবারও তোমার দেখা পেলাম না।

হৃদয়ের জানালায় এবার উঁকি মারলাম
দেখি তুমি হাসিমুখে বসে আছো।

প্রেম নেই

মঙ্গলার ঘাটের পিছল সিঁড়ি বেয়ে
নেমে গেল প্রেম
দেখা নেই মৎস্যকন্যার
তার মেছো গন্ধ আর পাওয়া যায় না
আজকাল সে আর আসে না ।

মধুকুঞ্জে প্রেম নেই আজকাল
কোথায় বাগেরহাট,সাতক্ষীরা?
সোঁদরবনের মেছো মেয়েটা আসেনা
কপোতাক্ষ স্থির জল নিয়ে অপেক্ষায়,
জলে পা ডুবিয়ে বসে থাকা প্রেম,
দেখা নেই বহুকাল।

প্রেম চলে যাবে এবার যশোর রোড ধরে বহুদূরে।

মৃত্যু

সেদিন বিকেলে তুমি এসেছিলে
কালো পোশাকে সর্বাঙ্গ ঢেকে
আমার মুখের দিকে তাকিয়ে মুচকি হেসে
হাত বাড়িয়ে দিতেই
আমি ভেতরে শিউরে উঠলাম।
তোমার হাতের একটা আঙ্গুলের ছোঁয়া
বোধকরি লাগলো আমার গায়ে
শিরদাঁড়া ঠাণ্ডা হয়ে গেল ভয়ে
একি! তোমার আঙুল বরফের মত ঠাণ্ডা।

তুমি একটু এগিয়ে এসে জোর করে চেপে
আমার গরম ঠোঁটে,তোমার বরফ ঠান্ডা ঠোঁট,
যখন ছোঁয়াতে গেলে,-
আমি ছিটকে চেঁচিয়ে উঠে দুরে সরে বললাম,
"না না ! তুমি সরে যাও। চলে যাও,
তোমাকে আমার এত তাড়াতাড়ি দরকার নেই
মৃত্যু, তোমাকে আমার দরকার নেই।"

দিবাকর পুরকায়স্থ

হাতুড়ি

(মে দিবস স্মরণে)

শব্দের মিছিল
এঁকেবেঁকে চলে শুধু
সাদা কাগজের রাজপথ বেয়ে
জীবনের খেরো খাতার হিসেব
একটু যন্ত্রণা আর একটু দাসত্ব

তুলে নিই হাতে
শব্দের হাতুড়ি
একটা নির্মম আঘাতে
ভেঙে দিই সব
লাল করে দিই সাদা খাতা খানা
শ্রমিক শব্দেরা
টিপি টিপি পায়ে হেঁটে চলে
পৌছে যাবে ঠিক এবার নিজের ঠিকানায়।

ইলেকশনের পাঁচালী

(শক্তি চট্টোপাধ্যায় স্মরণে)

ইলেকশনের পাঁচালী শেষ হলো
দাঙ্গা, মারধোর, হাঙ্গামা শহরে চমৎকার বিকোচ্ছে
আমার মুষড়ে পড়া বাবা, ধুতি ঝুলসার্ট পরা বাবা
ঘরে এসে সেঁদোলো লুকিয়ে
যে বাবাকে মাথা উঁচু করে আদর্শের বুলি কপচাতে
শুনেছি প্রথম থেকে
তার মাথা নীচু ভয়ে, চশমার আড়ালে ভয়ার্ত চোখ
কি যেন খুঁজছে
রাত গভীর যখন হলো হঠাৎ শুনি দরজার বাইরে
কারা যেন জোরে জোরে কড়া নাড়ছে,
বাইকের ভটভট শব্দ ছাপিয়ে কে যেন চেঁচিয়ে উঠলো
"অবনী বাড়ী আছো? এই শালা অবনী বেরিয়ে আয়।"
বাবা ভয়ে আরো সেঁধিয়ে গেল খাটের তলায়
কি যেন খুঁজছে বাবা।
আমি ভয়ে ভয়ে নীচু স্বরে শুধালাম "কি খুঁজছো বাবা?"
বাবা ততোধিক নীচু স্বরে দিল জবাব "আমার মেরুদন্ড।"

দিবাকর পুরকায়স্থ

বর্ণ পরিচয়

বর্ণ পরিচয় পড়তে পড়তে আমি
কয়েকটা শব্দে আটকে গেলাম,
মানে বুঝতে প্রচন্ড অসুবিধা হচ্ছিল আমার
উল্টো করে দেখলাম এটা নুতন মুদ্রণ।
ষাট বছর আগের ছাপা কপি ছিল আমার দেরাজে
বের করে দেখলাম,
নিষ্ঠুরতা, ধর্মনিরপেক্ষ,মৌলবাদী
হিন্দুত্ব, হিজাব, দাড়ি, টিকি, তিলক,
এই শব্দগুলো ছাপা ছিলনা কপিতে।

বীরসিংহের সিংহ বিক্রম বীর ঈশ্বর হয়ত
এই শব্দগুলো জানতেন না, তাই লিখেননি।
কে বা কারা এই শব্দগুলো ঢোকালো কপিতে?
আমাকে নুতন শব্দগুলো ভাবাচ্ছে ।

হ্লাদিনীর বারোমাস্যা

হ্লাদিনীর বারোমাস্যা চলে শহরের শতাব্দী প্রাচীন
কোঠাবাড়িটায়,-
পাশেই নুতন পানশালা,কানাই, বলাই আসে নিতি
সাঁঝের বেলায় হয় হুল্লোড়,
মাতোয়ারা হয় প্রেমে সবকটা ।
পেছনের দেয়ালে ঝোলানো শক্তির ছবির শিশ্নটা
লম্বা হতে হতে একেবারে খোঁচা মারে
গতিহীন দৈন্যতার পাঁজরে, বলে 'চলে যা ওখানে
এবার, যেখানে রামধনু উঠেছে বৃষ্টির পর ।

সবকটা মাতাল চমকে ওঠে বলে 'যেতে পারি, কিন্তু কেন
যাব?
যাবার আগে একবার হ্লাদিনীর মুখে চুমো খাব।'

দিবাকর পুরকায়স্থ

সীমান্ত সংবাদ

স্বাধীনতা দিবসে অমৃত মহোৎসব ছিল ।
রাজধানী কলকাতা পর্ব শেষ,
এখন বসিরহাট হয়ে বাগদা এসেই ওরা দেখলো
সামনে কাঁটাতার
দুরে উড়ছে নিশান পতপত করে,
বাজছে গানের সুর
'ঝাণ্ডা উঁচা রহে হমারা'।

পাশে পটলের ক্ষেতে ঝটাপটি, ঝাপটিয়ে ডানা
মাটি আঁচড়ায় পাখী । পাশে কাঁদে ছানা।
সীমা পাহারা দেয়া পতাকা ড্যাব ড্যাব করে দেখে
দেশ রক্ষকের উদ্ধত শিশ্নটা
যার গায়ে লেখা আছে বড় বড় করে
ঝাণ্ডা উঁচা রহে হমারা'।

শীতঘুম

মেঘের দেয়াল ভেঙে শীতের দুপুরে
তোমার চূড়োয় সখী
সুখচরী সহচরী
ঘুম ঘুম নিঃঝুম।

বিষাক্ত নিঃশ্বাসে
তোমার বদ্বীপে সখী
রেট্যাল সাপের ফণা দোলে
রুমঝুম   রুমঝুম।

রাত বাড়ে, জল পড়ে
ঝর্ণা ধারায় সখী
সুখচরী সহচরী
ঝম ঝম ঝম ঝম।
চারদিক ঘুম ঘুম নিঃঝুম।

দিবাকর পুরকায়স্থ

নিঃসঙ্গ

তেঁতুল পাতার উপর পসরা সাজিয়ে বসে আছি
কোনো বিকিকিনি নেই
চারদিক শুকনো
সাজানো বাগান শুকিয়ে কাঠগোলাপ
নৈঃশব্দ ভেঙে দুটো আওয়াজ
'খেতে এসো' ' আর কিছু চাই'
এই কথার আবর্তে সময় চলছে ভেঙে ভেঙে
আলাপ,আর ঝালা নিয়ে আছি আজকাল
গৎ বাজানোর লোক নেই
সব ছেড়েছুঁড়ে হিরণ্য সময়ের লেজ ধরে
ঝুলে আছি মহারাজ ত্রিশঙ্কু আমি
হরবোলা পাখিটা পেছনে ডাকে অবিরাম
বৌ কথা কও, বৌ কথা কও ,বৌ কথা কও
অমলতাস গাছে ফুল এসেছে আজ ।

পুরোনো গন্ধ

কিরকম একটা পুরোনো গন্ধ
হাওয়ায় আসছে ভেসে
ঐদিক থেকে,
যেখানে আমরা
বানিয়েছি একটা কোলাজ
কাঁটাতার ঘেরা
পুরোনো একটা সিমেট্রিতে ।

কিরকম পুরোনো একটা অদ্ভুত গন্ধ
ভেসে আসছে
ঝিলের ওধার থেকে
যেখানে কাঁটাতার দিয়ে বেড়া দিয়েছে কা'রা,
একটু এগিয়ে গিয়ে দেখি
কাঁটাতারের মাঝখানে
দুদিকে ছড়িয়ে দিয়ে দু'পা
শুয়ে আছ তুমি, বাঙলা মা আমার
আটকে গেছে তোমার কাপড় খানা কাঁটাতারে।

দিবাকর পুরকায়স্থ

দেশভাগের কেচ্ছা

ঢাবির চত্বরে নিঝুম সন্ধ্যায় বুদ্ধের
দৈবাৎ দেখা হলো মধুর সাথে।
"ভাই মধু,আমি পাঁচ টাকা ধারি তোমার কাছে।"
মধু মোবাইলে হিসেব করে বলে
"পাঁচ টাকা নয় ছ'টাকা পঁচিশ পয়সা।"
"একি মধু তুমি জানো কি অবস্থা ছিল তখন দেশের
আমি পালিয়ে গেলাম কলকাতা, আজ তুমি
আমার কাছে সুদ নিচ্ছ?" অবাক বুদ্ধদেব।
"না ভাই,সুদ নয় , কালাতিক্রমনে তুমি আমি
আজ আলাদা হয়েছি। বিনিময় মূল্যে তোমার পাঁচ
এখন আমার ছ'টাকা পঁচিশ পয়সা।"

পাগলের পাগলামি

একটা পাগল একবার
আমাকে বাতাস এনে দিতে বলেছিল একমুঠো
সে নাকি বাতাসে গন্ধ পায়
পাগল বাতাসে নাকি বাংলা মায়ের গন্ধ পায়
যুবতীর শরীরের মাতাল করা গন্ধ
ঘামের গন্ধ, আর কিসব শরীরী গন্ধ
পাগল নাকি বুক ভরে নিতে চায় সেই গন্ধ

একটা পাগল একবার
আমাকে একটা নদী এনে দিতে বলেছিল
সে নাকি নদীর বদ্বীপের কাছে
ডুব দিয়ে গভীরে তলিয়ে যেতে চায়
নীচে থেকে তুলে আনবে অমৃত
ফেলে দিয়ে আসবে সৃষ্টির প্রত্যাশা

একটা পাগল একবার
আমাকে আকাশ এনে দিতে বলেছিল একমুঠো
আকাশের নীলে ডুব দিয়ে
খুঁজে নিতে চায় যুবতী মেয়ের মন

তার গভীর বিস্তার, আর তার ভালবাসা

একটা পাগল একবার
আমাকে একটু মাটি এনে দিতে বলেছিল
যে মাটিতে শোয়ানো আছে তার হারানো শৈশব
আর কাঁটাতারের ইতিহাস পাশাপাশি
দুটি মৃত ঘটনার গন্ধ মেশানো মাটি

একটা পাগল একবার
আমাকে ভোরের নরম রোদ এনে দিতে বলেছিল
আর এক বালিকার নিষ্পাপ হাসি ।

বাংলা ও বাঙ্গালী

জোরে বইছে উত্তুরে হাওয়া,
কিছু কথা, কিছু শব্দ আজ হারিয়ে যাচ্ছে নাকি?
বাজারের থলে আর মাছের আঁশের নীচে,
ঘুমিয়ে পড়েছে বুঝি নীরবে প্রাচীন কথামালা ।

পাড়ার কুকুরগুলো কনকনে শীতের রাতে
আজকাল আর ঘেউ ঘেউ করতে চায় না।
বুড়ো কুকুরের মেরুদণ্ড বেঁকে গেছে আজ, আর
ছানাপোনাগুলো কুই কুই করে বিজাতীয় সুরে।

বিশ্বভারতীর বিশ্বায়ন হয়ে গেছে আজকাল
বাউলের একতারা তুলছে নতুন সুর;
বাংলার হযবরল বদলেছে ভোল,
একুশের স্বপ্নগুলো আজ একুশে আইন হয়ে গেছে ।
গঙ্গানিকা বেয়ে ভেসে চলেছে গলিত শবদেহ
মাড়াশাল্মলীর তলে পিতামহ রোজ কাঁদে ।

দিবাকর পুরকায়স্থ

ভালো আছো বাবা

আজ শেষ বিকেলে তোমাকে মনে পড়ে
যেন যান্ত্রিক নিয়মে বাবা।
সেই কোন সকালে আকাশ ছিল নীল
আর তারা গোণা আমাকে শিখিয়েছিলে তুমি বাবা,
স্বরবর্ণ আর ব্যঞ্জনবর্ণের মাঝখানে সার সার
সংখ্যার সমাবেশ, আর এক, দুই, তিন, চার
ইস্কুলের দিদিমণিগুলো, সঙ্গে বহতা সময়
হোমওয়ার্কের খাতা, শ্রুতলিপি আর শুধু ভয়।

ধীরে ধীরে শক্ত হাতের মুঠোয় তুমি বাবা
পার হতে এই জীবনের চওড়া পথের বাঁকগুলি,
শিখিয়ে দিয়েছ, বার বার , আজ মনে পড়ে
বহুকাল আগের সোনালী সেই দিনগুলি।

তারপর ক্রমে ক্রমে সকাল গড়িয়ে হলো দুপুর,
আমার সংসার ধীরে ধীরে হলো ভরপুর,
এবার হলাম বাবা আমি, দুরন্ত পথের বাঁকে,
কোথায় হারিয়ে ফেললাম তখন তোমাকে
আমি, বাবা--

কখনো খবর নিতে পিছু ফিরে হলো না সেকথা বলা,
পথের ছায়ায় তুমি একটু জিরিয়ে নিতে কিভাবে
পিছিয়ে গেছ ধীরে ধীরে, পথচলা ।

অশক্ত,দুর্বল দুটি পা তোমার একদিন থেমে গেল বাবা !
অবশেষে ফিরে তাকালাম চমকে, সেদিন
পিচ্ছিল পথের মোড়ে,অঝোর ধারায় বৃষ্টি পড়ছিল।
নেই কোনো ছাতা মাথার উপর,বাবা
হারিয়ে ফেলেছি বহুকাল হলো।

আজ বিষন্ন বিকেলবেলা,
বারান্দার কোনে বসে আছি আবার একলা, বাবা--
তোমাকে খুঁজছি মোটা পাইনের বিশাল ছায়ায়,
ফেলে আসা ধুলোমাখা স্কুলের খাতায় ;
আজ একবার চুপিচুপি তোমাকে জিজ্ঞেস করি
"ভালো আছো বাবা?"

NRC

তুমি এলে পড়ন্ত বিকেলে,
আমি যখন মমার্তে বসে আঁকবার চেষ্টা করছিলাম
তোমার ছবি--
হাতে নিয়ে এনআরসির নুতন খসড়া,তুমি এসে
দাঁড়ালে সুন্দরী, রাস্তা জুড়ে,পালাবার জো ছিল না
জিজ্ঞেস করেছি বারবার "নাম আমার আছে তো ?"

তোমাকে নীরব দেখে,
নিলাম দুইভাগ করে,মাঝে তুলে দিলাম বর্ডার।
মোটা কালো বুরুশের টান,
বিশীর্ণ বরাক আর বড় লুইতের মাজখানে,তোমার বুকের ভাঁজে
স্তনাগ্র চূড়ায়।

ইজেলে বিকেল গড়িয়ে সন্ধ্যা হলো সুন্দরী প্যারিসে,
বুরুশের শেষ টান মেরে তোমার নাভিতে
জানতে চাইবো আমি এবার তোমার কাছে--
"আর্ক্ ডি ট্রাম্পের পাশ দিয়ে যে কালো যুবক চলে গেলো এইমাত্র
বল পায়ে নিয়ে,এমবাপ্পে তার নাম,খসড়ায় তোমার আছে তো ?"

লং ড্রাইভ

(কথাসাহিত্যিক শরৎবাবু স্মরণে)

এবার তোমাকে নিয়ে লংড্রাইভে যাব,
গেঁওখালি, টাকি বা বাসন্তী নয়;
সীমা ছাড়িয়ে আমরা জাফলং যাব,
যেখানে আকাশ কথা বলে মাটির সাথে।
আরো দুর সবুজ বাগিচা ভরা শ্রীমঙ্গলে
হাল্কা পা ফেলে হাটবো দুজনে।

পানসিতে বসে মাটির শানকিতে ভাত মাখবো
গরম আলুসেদ্ধ আর কচুপোড়া দিয়ে,
গবগব করে ভাতের গরাস মুখে ফেলব দুজনে,
তারপর?
তারপর লম্বা ভাতঘুম দিয়ে আমিনার বাড়ি যাব
তার মহেশের খোঁজে।
আর তখন পাশের ধানক্ষেতে ছেঁড়াজামা পরা
গফুরের কাকতাড়ুয়াটা আমাদেরে দিকে তাকিয়ে হাসবে।

পঞ্চ কন্যা

মেয়েগুলো কোথায় পালালো ভাই?
পাঁচ পাঁচটা সুন্দরী জলজ্যান্ত মেয়েছেলে
খুঁজে পাওয়া যাচ্ছেনা কোথাও,তাও বেশ কিছুদিন হলো।

'নামগুলো লিখে নিন আপনার ডায়েরিতে'
বললাম পুলিশ স্টেশনে বসে 'বড় বনলতা,মেজো শাশ্বতী,
সেজোটি নীরা,ন'টি অবন্তিকা আর ছোটটি নীলাক্ষী'।

মিসিং ডায়েরি করলাম আমি,কিন্তু ভীষণ মুষড়ে
পড়লাম ভেতরে ভেতরে । ওরা কি সত্যিই পালিয়েছে ?
নাকি কোথাও ধর্ষিতা হয়ে পড়ে আছে?
কোনো আখড়ায় কিংবা মাদ্রাসায়?
নাকি চলে গেছে আকাশের সীমানা পেরিয়ে
ঈশ্বর নামের লোকটার বাগানবাড়িতে,
আমাকে কাঁদিয়ে চিরটাকালের জন্য?

এবার পুরোনো গলি ঘুপচিতে যদি আমি হাঁটি আবার,
একবার পাবো কি ওদের দেখা ?

ঈশ্বরের সাথে কথোপকথন

পরশু বিকেলে এক ভুঁইফোঁড় দালাল বলল এসে
আমাকে ঈশ্বর নাকি ডাকছেন।
দৌড়ে গিয়ে দেখি
উনি তখন তোমার ছবিতে মেশাতে ব্যাস্ত
পূর্ণিমার রং -
পাশে পড়েছিল আধখানা চাঁদ।

লেখা পাশে বসেছিল আর
আমি ভাবছিলাম বোকার মতো
কাকে বেছে নেব ?
কার হাত ধরব? বোকার মতো
তাকালাম ঈশ্বরের দিকে।

"শালা তুই মরবি" আমাকে বললেন উনি।
আমি বললেম হেসে " প্রভু, তুমি যদি অমরত্ব দাও
আমাকে মরার পরে, তবে এখনই মৃত্যু দাও আমি রাজি আছি।"

আমি আগুন বলছি

আমি আগুন বলছি
আমি আমার হলুদ লেলিহান শিখা দিয়ে
জ্বালিয়ে পুড়িয়ে ছারখার করে দেবো দিগ্বিদিক
আমার নরম শরীরের গরম উত্তাপ
যারা পেতে চাও--
এসো এগিয়ে সামনে, আমাকে জড়িয়ে ধর
বিকৃত আদিম লালসায়।

আমি আগুন বলছি
আমার নিবিড় আলিঙ্গন, মানে মরণ
হলুদ কালো, ভীষণ সুন্দর ।
আমাকে পেঁছিয়ে ধরে যদি মেতে ওঠো
ভোগ লালসায়--
যদি তোমরা আমার হলুদ সুন্দর সিড়ি বেয়ে
নীচে নেমে এসো একবার,
তবে সামনে এগিয়ে এসো
আমি সবাইকে খাক করে দেবো
আমি মৃত্যু দিয়ে জয় করব তোমাদেরে
ভয় পাবে এবার আমাকে
আমি নুসরত রাফি বলছি।

হযবরল

কাল বিকেলে মেঘের সাজঘরে নেমন্তন্ন ছিল ।ওখানে তখন বারান্দার আলসেতে বসে রোদে গতর গরম করে নিচ্ছিল জাঁ পল সাঁত্রে । কমিউনে বসে তর্ক জুড়েছিল রুশো আর ভলতেয়ার। তাদের তার্কিক মেজাজের ধুপছায়ে আমি যোগ দেব কিনা ভাবছি,তখন একদল লোক মাটির কাছের গান গাইতে গাইতে চলে গেল আমার সামনে দিয়ে যার পুরোভাগে একমুখ দাড়ি নিয়ে এক ফকির।

বৈশাখী বাতাসে মেঘগুলো উড়ছিল আর আমি টলোমলো প্রায় পড়ে যাই আর কি । চেঁচিয়ে ডাকলাম লম্বমান রামধনুদের " দাঁড়াও ! আমাকে ছেড়ে যেওনা।" সঞ্চারীতে ডুব দিয়ে মাথা নেড়ে নেড়ে হাকলো ফরিদপুরের এক পাগলা মাস্টার "এই বাংলায় আবার আসব।"

আমি ভয়ে কাতর জিজ্ঞেস করলাম " কোন বাংলায় বট?" পাশ থেকে খিলখিল করে হাসল, কাশলোআরেক পাগলা । তারপর,খোঁচা খোঁচা দাড়ি নাকামানো গাল আর মুখে দিশী মালের উৎকট গন্ধ ছড়িয়ে বলে উঠল

দিবাকর পুরকায়স্থ

"কমিউনিস্ট মেনিফেস্টো, বাকী নিপাত যাও বে ! সব ঝুটা হ্যায় ।"
"কে বে তুই শালা ? চুল্লু খেয়ে গাণ্ডুবাজী ? হারামির পিল্লা ।"
মেঘ যেন কোমল গান্ধার । তাকালাম ডানবায়ে ।
জলসায় তখন বাজল রাগ কাফী । পাগলা গাইলো একি ।
"আমি যে তোদের মেঘে ঢাকা তারা বে শালা ।"
আমাকে চমকে দিয়ে হাসুয়া আর কাস্তে হাতে করে
মেঘের দেয়াল ভেঙ্গে এল কাঁচা পাকা এক মাথা চুল নিয়ে
এক বিরাট পুরুষ । উদাত্ত গলায় গেয়ে নেচে নেচে
চলে গেল আমার সামনে দিয়ে "কাস্তে দাও শান গো !
আর দেব না আর দেব না রক্তে বোনা ধান গো !" রেশ
মিলিয়ে যেতে না যেতে পাশ থেকে কালো চশমা চোখে
এঁটে এক যাদুকর বেরিয়ে এসে শুরু করল এক নতুন ধুন
"যুদ্ধ চাই যুদ্ধ । হাল্লা চলেছে এবার যুদ্ধে ।"

ঠিক তখনই জলসাঘরের এক কোণের টেবিলে বসে
ভ্যান গখ তার প্লেট থেকে আধপোড়া আলু সেদ্ধ নিয়ে
আলুর উপকারিতার দীর্ঘ ব্যাখ্যা করছিল একদল
উত্তেজিত কৃষককে যারা ফসল হয়নি বলে আত্মহত্যা
করতে প্রস্তুত আর তার উল্টোদিকে বসে ঠাণ্ডা বিয়ারের
চুমুক দিতে দিতে ভাবছে মোপাসাঁ "এরা আলু খেতে
পারছে না যদি তবে কেক খাচ্ছে না কেন ?

ততক্ষণে রামধনু চড়ে আমি চলে এসেছিলাম অনেক দুর।
হঠাৎ মেঘ ফুঁড়ে আমার রাস্তা বন্ধ করে সামনে দাঁড়ালো
এসে অসম্ভব লম্বা এক আগন্তুক ।
এসে বলল " তোমার শেষ থেকেই তোমার শুরু।
ma fin est ma commencement."

পাশের খিলানে বসে তখন বার্নিনি আর মিকেলেঞ্জেলো
একমনে ছেনি দিয়ে ঠুকে যাচ্ছিল মেঘের দীর্ঘ শিশ্নদেশ,--
এবার ন্যাংটো ডেভিডের বীর্যে জন্ম নেবে নতুন বাতাস
মাটি, জল আর আগুন, আনকোরা নতুন একটা সভ্যতা ।

দিবাকর পুরকায়স্থ

ডিটেনশনক্যাম্প আসাম

কাল রাতে মৃত্যু এসে আমার পালঙ্কে শুয়েছিল
ভোট কম্বল জড়িয়ে গায়ে,
কবরের বাতাসে শিউলি উড়ছিল - -
কফিন গুলো ভেসে উঠেছিল দামাল হাওয়ায়
আর আমার মশারি ফুলে উঠেছিল যেন পোয়াতি মেয়ের পেট
অথবা মাছের কানকোর মত।
বাতাসে ভীষণ এক যন্ত্রনার গন্ধ,
অনেকটা পাশাপাশি সার সার শুয়োরের খোয়াড়ের বিষ্ঠা
অথবা আসাম পুলিশের বগলের ঘাম
এই নিয়ে শুয়ে আছি, রোজকার ভাতঘুমে।
কারা যেন বলেছিল মৃত্যু এক বিরামহীন ঘুম
এক বিরামহীন ঘুম।

ভোর

চামচিকেদের পাখায় সূর্য্যের আলো পড়তেই ওরা
ফরফর করে উড়ে সেঁদিয়ে পড়ল আরো
অন্ধকারে। প্রজাপতিগুলো ধাওয়া
করেছিল কিছুদূর অব্দি,
কিন্তু দম দিয়ে আর
কুলালো না।

এভাবেই পিছিয়ে পড়ল আজকের সকাল,
পাষণ্ড রাতগুলো দীর্ঘ হতে দীর্ঘতর
হলো। পশ্চিমের আলনায় শুধু
তির তির করে কাঁপছিল
ভোরের চাদর খানা।
এক নপুংসক
ভিখারী কবিতা
দুলছিল পাশে
স্বর্গগামী রাজা
ত্রিশঙ্কুর
মতো।

নেবুতলা গির্জায় যখন ঘন্টা বাজলো দুবার,
তিনবার,চারবার ; শুধু একা আমি শুধু
ভোরের প্রত্যাশী, বেরিয়ে এলাম।
সামনে প্রশস্ত পথ----কিন্তু
আমাকে এখনো যে
আরো অনেকদুর
হাঁটতে
হবে।

পুরোনো কাগজ

"কাগজ আছে, পুরোনো কাগজ?"
হেঁকে যায় ফিরিওয়ালা।
উপরের এক চিলতে বারান্দা থেকে দেখি
খুব মোটা টাক মাথা এক বুড়ো
অলি গলি ঘুরে ঘুরে পুরোনো কাগজ
চেয়ে বারে বারে হাঁক পাড়ছে।

আমাকে উপর থেকে উঁকি দিতে দেখে
ও উপর দিকে তাকিয়ে শুধোলো
"পুরোনো কাগজ আছে?"
আমি বললাম ওকে সজোরে চেঁচিয়ে
"নেই কোনো পুরোনো কাগজ,
আর থাকলেও আমরা দেব না।"

দিবাকর পুরকায়স্থ

মহা ভারতের গল্প

কথা ছিল আজ আসবেন কৃষ্ণদৈপায়ন বেদব্যাস
নেবুতলা জোড়া গির্জার কোণায় আমাকে শোনাতে আস্তিকের
উপাখ্যান।
আস্তিকের নাগদের দেশছাড়া করার প্রতিজ্ঞা, আর
তার পরবর্তী অংশ শোনাবেন আমাদের।

কিন্তু বেদব্যাস আপনাকে আপনার এই বেশভূষা
নিয়ে আজ বিস্তর ঝামেলা পোহাতে হবে নাকি ?
আজকাল বেশভূষা দিয়ে মানুষ চিনতে হয়,
তাই আপনার এই লম্বা দাড়ি গোঁফ আপনার পরিচয় এর
অন্তরায় হবে নাকি ?

গণতন্ত্রে সংখ্যালঘু সম্প্রদায়ভুক্ত নাগকুল ছিল সেসময়, তবু
তাদের নিস্তার ছিল কি?
তাদের চাহিদার কথা শোনেননি জন্মেজয়,
নাগকুল বিতাড়ন এর ষড়যন্ত্র ছিল অব্যাহত।

আপনারা জন্মেজয় এর রোষ থেকে নাগদেরে
রক্ষা করতে পেরেছিলেন ?

নাকি মহারাজের সর্প যজ্ঞের আগুনে ঘি ঢেলেছেন?
সাপ মেরেছেন, লাঠি ভাঙেননি আপনারা।

এবার আবার সেই পাকানো লাঠি নিয়ে আসছেন
কার জন্যে? প্রভু কার জন্য?

গরবিনী মেয়েটা

তোর কাটা মাথা যত্নে রেখেছি,মলয়
সেই মেয়েটার বুকের বালিশে
যার পিঠে লেখা ছিল সভ্যতার শিশ্নদেশ
আর ক্রুর হেসে, তারিয়ে তারিয়ে উপভোগ করেছে
এক চাঁদ---

রোদ্দুরে তেতে পুড়ে আসা তোর গায়ের গন্ধ,
আর কুচকুচে কালো কাকের বিষ্ঠার গন্ধ
ছাপিয়ে, ছড়িয়ে পড়েছিল চারদিকে সেই মেয়েটার
ঘেমো বগলের মাতাল করা গন্ধ --
আর নীচে ছিড়ছিল বসে হিন্দী চুল,
এক কাপুরুষ।

আজ বিকেলে আবার উঠবে এক চাঁদ--
চারদিক জুড়ে ছড়িয়ে পড়বে আলো।
আলো পড়বে ওর পিঠে, এলোচুলে, আর
ওর ঘেমো বগলের নীচে, --
ওখানে,লজ্জায় কাটা মাথা লুকিয়েছে
মেয়েটার আঁচলের তলায়।

তিস্তা নদীর খোঁজে

রংপুর গেছি সেবার সবাই মিলে
তিস্তার সীমানা ধরে
যেখানে আকাশ মিলে গেছে
স্বচ্ছতোয়া নদীর বুকে।

এবার আবার যাবো একবার
তুমি যাবে কি?
কাঁটাতারের সীমানা পার করে
ফুলছড়ি যাব।

সাথে আমার দেবেশ যাবে এবার
আর শোনাবে বৃত্তান্ত
তিস্তা পারের।
তুমি কি আসবে আনিসুজ্জামান?

বিজয়া

কবি এই সহস্রাব্দে তুমি যদি আসতে--
এক মিটার দুরত্বে থেকে দেখতো তোমার মুখ,
তোমার দাঁড়ি, ভিক্টোরিয়া ওকামপো।

তোমার শ্বাস নিতে কষ্ট হতো মাস্ক লাগা মুখে,
ঢাকা ঠোঁটে
বিজয়ার ঠোঁটে ঠোট ছুঁয়ে তার মুখের আগেকার রাতের দুর্গন্ধ নিতে পারতে না।
ভোরবেলা শিশিরে ভেজা পথে মালা ফেলতে পারত না তোমার বিজয়া ;
কারণ, আগের রাতের দয়িতের সাথে দেহমিলনের
স্বেদ, ক্লেদ আর রতিসুখ সেনিটাইজারে মুছে
সে বেরিয়ে আসার আগে তোমার জাহাজ ভেঁপু বাজিয়ে দিত আর
তুমি লম্বা আলখাল্লা দিয়ে সব না পাওয়ার দুঃখ ঢেকে চলে যেতে
এক সহস্রাব্দ থেকে অন্য এক সহস্রাব্দে।

নববর্ষ ১৪৩০

তুই
এসেছিস
পলাশ মাড়িয়ে
আমি হব বীর্যশুল্ক।
বিগতযৌবনা চৈত্রের
ছিবড়ে যাওয়া গতরের
মোহ ছেড়ে এবার ঝাপাবো,
তোর ওই আগুনখাকি শরীরের
রূপ, রস, গন্ধ সব চেখে চেখে দেখবো।

তোর ওই সর্বনাশা চোখে ঝড় দেখব বলেই
আমি আজ সব ছেড়ে ছুড়ে তোর ভরা যৌবনের
স্বাদ নেব বলেই এসেছি তোর কাছেফিরিয়ে দিসনে
আমাকে সুন্দরী বৈশাখ!

দিবাকর পুরকায়স্থ

বর্ষশেষের সালতামামি

আজ থেকে একশত বছর পিছিয়ে ১৩৩০ বাংলা সনে,
কিংবা দুইশত বছর? ১২৩০ সনে,
পলাশ কি আরো বেশী করে ফুটেছিল পুরাতন বছরের শেষে ?

বীরসিংহের ঈশ্বর, তখনও বাঙ্গালীর ঈশ্বর হয়নি,
মাইল ফলকের জ্যামিতি তখনও কণ্ঠস্থ হয়নি।
সড়গড় হয়নি জীবনের অঙ্ক।
লালন ফকির গাইছেন অবিরাম জীবন সঙ্গীত
আর আছেন আমার অতি আপন হাসন রাজা,
সিলেটের সবচেয়ে যোগ্য সন্তানের একজন।

তখনো আকাশ পরিষ্কার ছিল, নীল ছিল বাস্তবতা
তখনও বাঙ্গালীর গোলাভরা ধান ছিল, অগ্রাণের
তোলা নুতন ধানের গন্ধ--
আর সব ছিল জীবনের অনুষঙ্গ।
ভারত চন্দ্রের সুর ছিল, আর তুমি ছিলে মাগো!
চৈত্র সেল আচ্ছন্ন করেনি বাঙ্গালীর জীবন, সীমানা
ভেঙে আবার নুতন করে বাঙ্গালীর কৃষ্টির সীমানা
নির্ধারণ হয়নি, হয়নি ভেদাভেদ ধর্মের ভিত্তিতে

জীবনের পালতোলা ডিঙি চলছিল এক মহামন্ত্র
নিয়ে ' বসুধৈব কুটুম্বকম' ।

ধীরে ধীরে গ্রহণ লাগল আমাদের সুন্দর আকাশে
সরল জীবনে ক্রমে ক্রমে জটিলতা এলো
রক্তের বদলে নির্ধারিত হলো গাঁয়ের সীমানা।
আর আমাদের ছেঁড়া জামা আটকালো কাঁটাতারে,
পলাশ শুকিয়ে গেল, শিরে সংক্রান্তি নুতন বছরে।

আজ যদি স্বপ্নের পিছল সিড়ি বেয়ে নেমে যাই
যদি একবার ফিরে যাই সেই হারানো সময়ে,
এসো আর একবার সব সীমানা ডিঙিয়ে,
সব ভেদাভেদ ভুলে আমরা আর একবার এক হই, --
পুরাতন বছরের বিদায় বেলায় যদি একসাথে
একসুরে একবার গান গাই 'জয়তু নববর্ষ'?

পরশপাথর

ক্ষ্যাপা খুঁজে পেয়েছিল কি পরশ পাথর?
দেখেছিলাম সেদিন ক্ষ্যাপা তোমার আলসে ধরে
ঝুঁকেছিল; খুঁজছিল কি কিছু ?
তোমার কাছেতো নেই সেই 'অমূল্য রতন'।

দেখলাম সেদিন আবার বর্ধমানে ওকে ;
খুঁজছিল জীবনকে আর আমাদের বৃন্দাবন গোস্বামীকে
বললাম ওকে " কি হবে ওদেরে খুঁজে?
জীবন তো কবে ছুঁড়ে ফেলেছিল ওই পরশপাথর।"
জিজ্ঞেস করলো "কোথায়?"
আমি বললেম " ঐ নদী তলায়।"
ক্ষ্যাপা আবার পেলোনা খুঁজে পরশপাথর ।

আবার সেদিন ওকে দেখলাম ঈশ্বরীর সাথে
হ্যাঁ গা, খেয়া ঘাট থেকে আসা সেই ঈশ্বরী পাটনী।
বলছিল আজকাল নাকি সে আর খেয়া পারানীর
কাজ করছে না বহুদিন।
আজকাল আর ওর কাছে পরশপাথর নেই,
লোহার মাদুলি আর নোয়া তাই আর সোনা হয়না ছোঁয়াতে ।
ক্লান্ত ক্ষ্যাপা এখনো পেলোনা খুঁজে পরশপাথর ।

জীবনানন্দ দাশের সঙ্গে কিছুক্ষন

বোতলের ছিপি খুলতেই জিনটা বেরিয়ে এসেছিলো
প্রকান্ড দৈত্যের মতো।
তার হুঙ্কারে অমনি ছেঁয়ে গেলো আকাশ বাতাস,
আর আমি, সাথে আরো হাজার হাজার আমি ভয়ে
কাঁপছিলাম ভেজানো দরজার ওপাশে,
আটকে থাকা সারি সারি ফ্রেমে
কসাইর দোকানে ঝোলানো তাজা মাংস যেন।

হটাৎ বেরিয়ে এলো দেবশিশু, মাটি ফুঁড়ে যেন
মিকেলেঞ্জেলোর উলঙ্গ ডেভিড।
তার ক্ষুদ্র শিশ্নটি সবেগে লম্বা হতে হতে ছুঁলো আকাশ,
দৈত্যটা ভয় পেলো বুঝি প্রথম এবার ;
বন্ধ দরজায় বদলের ডাক এলো, সৃষ্টির উল্লাসে
নামলো বৃষ্টির ধারা মেঘ ফুঁড়ে।

ভয়ে পালালো এবার দৈত্যরাজ রাজপাট ছেড়ে
পাছে ধাওয়া করে নেংটো খোকা।
আমি বেরিয়ে এলাম দরজার খিল ভেঙে,
আর সাথে হাত ধরে আমার, জীবনানন্দ দাশ।

আসমানী মেহফিলে এবার লাগলো রং
ধানসিঁড়ি নদীতে উঠলো ঢেউ
গাংচিল ধানের শীষে গুনগুন করলো আবার
আজ যে এসেছে ফের মাধবী পূর্ণিমা ।

পদ্মা নদীর মাণিকবাবু

(ত্রিপুরাবাসীর উদ্দেশ্যে)

লিখেছিলেন মানিকবাবু অনেক বছর আগে
'পদ্মা নদীর মাঝি' নামে বইখানি।
বাঙ্গালীর আকাশ তখন নীল ছিল
বর্ষায় নদীতে বান ডাকতো, ভাসতো চরাচর।

বাঙ্গালীর পুকুর তখন পরিষ্কার ছিল
শাপলা শালুকে ভরে যায়নি তখনো
কাকচক্ষু জল, ফোটে নি কমলকলি
নাও বাইতো হিন্দু মাঝি দাঁড় টেনে
আর লগি ধরতো মুসলমান।

আজ পদ্মাপাড়ে একি ঘোর অমনিশা?
উঠেছে দারুণ ঝড় অসূয়া আকাশে
বদলে যাচ্ছে দ্রুত রং সকালের ।
পদ্মায় উঠল ঝড়, বড় বড় ঢেউ ছুঁলো
আকাশ, নৌকোর হাল মাস্তুল ছিড়ল!
পাড় ভাঙলো নদী দুর্জয় ক্রোধেতে
আর নৌকো তোমার হারিয়ে গেল হায়,
কোথায় মাণিকবাবু এই দুরন্ত পদ্মায় ?

ঘাটশ্রাদ্ধ

উত্তম পুরুষে কথা বলছিলো শান বাঁধানো ঘাট
মধ্যম পুরুষে শুনছিলো সিঁড়িগুলি,
তৃতীয় পুরুষে জল বলছিলো 'ছলাৎ ছলাৎ'
আর শুনেছি নীরবে আমি এই সময়ের কথোপকথন।

তারপর কেটে গেলো কতকাল,
সময় হয়েছে ঋতুমতী,জলেভেজা ঘাট বেয়ে
গড়িয়ে চলেছে তার রজস্রাব বারবার,
দিন, মাস আর বছর গড়িয়ে গেলো
তবুও এলোনা সেই ভ্রুন তার গর্ভে
যার থেকে জন্ম নেবে,এযুগের ম্যানড্রেক
অথবা বেতাল কিংবা টারজান,যার
যাদুর পরশ বা হাতের বজ্রমুষ্টি
আবার রাঙিয়ে দেবে আমাদের দিনগুলো।

পুণ্যগর্ভ সময়ের প্রতীক্ষায় আজ আমিযে শবর,
করেই চলেছি রোজ ঘাটশ্রাদ্ধ আর তিলতর্পন।

কুড়ানী বেত্তান্ত

মেয়েটার নাম?
তমসা।
জন্ম?
আস্তাকুঁড়ে।
বাবা?
কাঠমিস্ত্রি।
মার পেশা?
ঠিকে ঝি।
মেয়েটার বয়স?
তের চৌদ্দ।
কি করে?
কুড়ানী।
ওদের ঠিকানা?
রেলের ঝুপড়ি।
ভোটার আইডি?
সনাক্ত বিদেশী।

রাত মেঘলা
মেয়েটা একলা।

বাপ কোথায়?
মদের ভাটিতে।
মা কোথায়?
পাশের গলিতে।
কি করছে?
দেহসুখ নিচ্ছে।
কারা এলো ?
ক'টা ছায়া।
কি হলো?
মুখ চেপে ধরলো।
কোথায় নিয়ে গেল ?
নালার পারে।
কি যেন ফাটলো।
কিসের শব্দ?
মেল ট্রেনের ।

ঝুপড়ির আকাশে
সকাল হলো।
দল বেঁধে
খাকি উর্দি এলো।
আর কারা এলো?
ছাত্র নেতা।

আর এলো--
মাতব্বর ।

ওমাগো মা !
অন্য কিছু গল্প বলো,
কুড়ানীর এবার কি হলো?

জীবনের জ্যামিতি

যাবে? তবে যাও চলে --
আবির রাঙানো পথ দিয়ে দুরে, বহুদুরে,যেখানে
দুপুরবেলা নেই কোনো অলস মেঘের আনাগোনা
জ্যামিতিক ছাঁচে চলেনা যেখানে কোনো মাপজোক,
ইতিউতি উঁকি দেয় না ত্রিকোণ,বক্ররেখা অথবা
কৌণিক কোনো বিভাজন দেয়নি এখনো
ছিন্নভিন্ন করে, জীবনের মিঠে আয়োজন।

যাবে? তবে যাও চলে --
গোলাপের পাপড়ি ছড়ানো পথ দিয়ে আরো দূরে
যেখানে আকাশ মিশে গেছে মাটির উঠোনে,আর
সবুজ পাহাড় রাঙা নদীর হয়েছে সহদোর।
ভিনদেশী রাখালের বাশের বাঁশির মিঠে সুর
যেখানে,ভুলিয়ে দেবে ফেলে আসা জীবনের
জ্যামিতিক পরিবেশ, গোছানো ত্রিকোণমিতি।

যাবে? তবে যাও চলে--
জীবনের গণিতের পাতা আর ছেড়া মলাটের খাতা
পেছনে ফেলে; বীজগণিতের বীজ পা দিয়ে মাড়িয়ে

চলে যাও দুর পাহাড়ের সানুদেশে,ফেলে দাও
ছেঁড়া তমসুক, ঐ রাঙা নদীর জলে।
জ্যামিতিক পরিবেশ আর গণিতের সূত্র নিয়ে আজ
আমি একা বসে থাকবো ছেড়া মলাটের সাথে
আর থাকবে আমার শুধু সপ্রেম প্রতীক্ষা।

স্বপ্নের ফেরিওয়ালা

আবার কখন স্বপ্ন ফিরি করব আমরা মালবিকা?
ছোটছোট স্বপ্ন মধুর সকাল গুলো ছিল আমাদের ,
আর ছিল ফুরফুরে বাতাস,গায়ের বুড়ি ছুঁয়ে যেত ।
আকাশ অনেক নীল ছিল,আর ছিল
আমাদের উঠোনের কোণে ঝুড়ি ভর্তি
শিউলির কুঁড়ি দিয়ে ঢাকা ছোট ছোট স্বপ্ন ।
তারা রোজ ফিসফিস করে বলতো কানেকানে
"যা, সাগর ছুঁয়ে আয় তুই একবার " ।

বলি কি,দুজনে যদি আজ সাগরে নাইতে যাই মালবিকা?
সাগরের ঢেউ ছুঁয়ে যদি খুঁজে নিতে চাই আমাদের সেই বাসন্তী সকাল,
হয়ত তখন ঝরঝর করে ঝরবে বিরামহীন বৃষ্টি,
ছোট ছোট মেঘগলি স্বপ্ন হয়ে ঝরবে এবার
আমাদের মনের শুখনো মজে যাওয়া বালিয়াড়িতে ।
দুজনে কুড়াবো শুধু কুঁচি কুঁচি স্বপ্নের খুচরো খুদকুড়ো
সারাটা বিকেল, আর দূর, বহুদূর থেকে ভেসে আসা বাঁশির মাতাল সুর
পাগল করবে আমাদের।

একবার যাবে বাঁশিওয়ালাকে খুঁজতে আমার সাথে মালবিকা?
বাঁশির প্রতিটি তানে সুড় সুড় করে ইঁদুরের মতো,
গর্ত থেকে বেরিয়ে আসবে আমাদের স্বপ্নগুলি।
আমরা কোচড় ভরে টপাটপ তুলে নেব,আর
বেরিয়ে পড়ব স্বপ্ন ফিরি করতে দুজনে।

স্বপ্ন ফিরি করতে আমার সাথে যাবে মালবিকা?
শুধু একবার স্বপ্ন ফিরি করবে আমার সাথে মালবিকা?

মেরুদণ্ড

আমাদের স্কুলে কোনো য়ূনিফর্ম ছিল না কখনো,
নিজের খুশীতে কেউ লাল,গেরুয়া কেউবা,
কেউ হয়ত সবুজ রং এর জামা গায়ে হল্লা করতাম
সামনের মাঠে।

একদিন -
বড় দালান বাড়ীর সাদা দাড়ি দাদু চেঁচিয়ে বলল
"এত হল্লা কেন? সবাই আঙ্গুল মুখে দিয়ে বসো ।"
আমরা সবাই আঙ্গুল মুখে দিয়ে বসলাম।

আবার দুপুরে-
ওবাড়ীর টেকো মাথা আধবুড়ো কাকু চেঁচালো আবার
"সবাই সামনে ঝুঁকে বসো।"
আমরা আঙ্গুল মুখে দিয়ে ঝুঁকে বসলাম।

এবার বিকেলে-
আমার স্কুলের দিদিমণি বেত হাতে এসে বললেন
চোখ পাকিয়ে "সবাই মনে রেখো,
আমি না বলা পর্যন্ত কেউ মাথা তুলবেনা।

চুপ করে বসে থাকো।"
আমরা সবাই তাই করলাম।

দিনের শেষে দেখলাম আমরা কেউই আর পিঠ সোজা করে
দাঁড়াতে পারিনি।
নীচু হয়ে বসে থাকতে থাকতে আমাদের মেরুদণ্ড
বেঁকে গেছে একেবারে।

খোঁজ

দুঃসহ গরমে আমি ঘামতে ঘামতে তোর দরজায় এসে দাঁড়ালাম
একটু অঞ্জলি ভরে কিছু পাবে বলে,
কিন্তু কোথাও দেখতে পেলামনা তোকে ।
পাশের বাড়ির লোকটা বলল "আছে আসেপাশে কোথাও হয়ত, জোরে ডাকুন।"
ডাকলাম চেঁচিয়ে বার বার, তবু তোর সাড়া নেই।
লোকটা বলল "জোরে ধাক্কা দিন দরজায়, এবার শুনবে।"
জোরে ধাক্কা দিয়ে দিয়ে হাত ব্যাথা হয়ে গেল, তবু কোনো সাড়া পেলাম না।
এবার খিড়কি দোর দিয়ে উঁকি মারলাম, দেখি শালা তুমি নিশ্চিন্তে ঘুমিয়ে আছ,
আর আমি এই রোদে মরি !
একবার ভাবলাম তোর বুকে একটা সজোরে লাথি মেরে দি, ভাঙবে ঘুম !
কিন্তু না, পড়ল মনে ওই জায়গাটা কাজীদার জন্য,
আমি তাহলে এখন তোর পাছায় কষাবো লাথি শালা নিলাজ ঈশ্বর!

গান, নভেল ও অন্যান্য

সেদিন বিকেলে আমি গেছিলাম বারিধারা
তোমাকে খুঁজতে,মিতা
কে যেন বললো তুমি নাকি গেছো রমনায়।
সাথে ছিল কালো গাইয়ে ছেলেটা,
গান গেয়ে তোমাকে শোনাবে বলেছিলো,
কিন্তু তার গান আমি শুনবো না।

ভিড়ে ঠাসা শিল্পকলা একাডেমি,ওখানে তখন
কবিতা পাঠ করছিলো হাসান আরিফ।
পাশে বসেছিল নুতন মেয়েটা তার কবিতা পড়বে বলে,
তার কবিতা আমরা শুনবো না।

ভাষা দিবসের সকালে গেলাম আমি শহীদ বেদিতে
তখন শিশির ভটচাজ আঁকছিলো বেদি লাল রং দিয়ে।
পাশের বাড়ির খোঁড়া ছেলেটা আঁকতে এসেছিলো ,
কিন্তু তার আঁকা ছবি আমি দেখবো না ।

সেদিন দুপুরে জহিরুল ইসলাম হলে ভিড়
তাহমিমা আনামের লেখা নভেল রিলিজ হবে।
কে যেন বললো হরি খুড়োর পাগল ছোড়া,

কেতাব লিখেছে নাকি, কিন্তু
তার লেখা নভেল আমরা পড়বো না ।

কবরের কান্না

কনকনে শীতের রাতে
শব্দগুলো শুয়েছিল বহুকাল
কবরের এফিটাফে, নীরবে।

কালো হয়ে প্রায় মুছে যাওয়া শব্দগুলো
কাল রাতে জেগে উঠলো হঠাৎ!
গুটি গুটি বেরিয়ে মেলে দিলো কালো ডানা,
তারপর -?

সারারাত জুড়ে 'কা' 'কা' করে চেঁচিয়ে চলল।
আমি জেগে উঠে দেখলাম, আর বুঝলাম
ভোর না হওয়া অব্দি ওরা আর থামবে না।

দেবাশীষ তুই

(দেবাশীষ চক্রবর্তীর স্মৃতিতে)

কবে তুই কবিতা শুকোতে দিয়েছিলি আমাদের উঠোনে
হাল্কা মেঘ মাখা দুপুর রোদ্দুরে তোর সুঠাম হাতের
মুঠোয় ধরা ছিল তোর শক্ত কলম
আর বাহাতে ধরে ছিলি নিয়ম ভাঙার কল্কে।
সুখটান দিয়ে রাখলি তোদের বেনিয়মী হিসেবের খাতাখানা
জলের শাড়ির ভাঁজে, টলটলে আলনায় ।

আর আজ জলের সকাশে তোর নিমন্ত্রণ
ছিল, আর একবার নিয়ম ভাঙ্গার খেলা,
কিন্তু তুই যে হঠাৎ ঘুমিয়ে পড়লি ক্লান্তিতে
যদিও আমরা জানি মৃত্যু এক বিরামহীন ঘুম
এক বিরামহীন ঘুম।

ছত্তিশগড়ি কেন্দুপাতা

বাবুরা আসবে আজ উঠোনে রেতের বেলা;তাই
মেয়েটা গেছিল কেন্দুপাতা কুড়োতে জঙ্গলে ।
অনেক দিনের পরে,বাজবে আবার আজ ধামসা মাদল;
নাচবে উঠোনে ওরা মহুয়ার নেশায় পাগল হয়ে,
কিন্তু ঘরের চালের ফুটো ঢাকতে হবে আগে ।

গাঁয়ের পাশের শীতে মজে যাওয়া শুকনো
পায়ের পাতা ডোবানো নালাটা পেরুলেই জঙ্গলের শুরু।
কেন্দুপাতা দিয়ে গোল গোল ছাউনিতে ঢাকবে
চালের ফুটোগুলো; আজ রেতের আগেই।

একি হলো! ক্ষীণ স্রোতা ঝর্ণার পারে ও কি !
সারা আকাশে, বাতাসে বারুদের গন্ধ পাই আজ।
মহাকাল থমকে দাঁড়ায় মেয়েটার পাশে
স্বচ্ছতোয়া পাহাড়ী ঝর্ণার জলে ভেসে যায়
রক্তমাখা কেন্দুপাতা।

এক আর্তি

আমি তার মৃত্যুর অপেক্ষা করছি
রুগ্নদেহ অসুস্থ বিকারগ্রস্থ
তার শরীর বলহীন
আমি এবং আরো কয়েকজন সজ্জন মিলে
তার চিকিৎসা করাতে করাতে
হতোদ্যম আজ
কত আর পাচন গেলাব
কতবার সূই ফোটাবো ওর দুর্বল শরীরে
আজকাল খোঁজ খবর নেবার লোক কমে গেছে
তাই আজ ওকে শেষ বাঁচাবার
শেষ চেষ্টা করব আমরা
কোরামিন দেব, আইসিইউ তে রাখব
শেষ চেষ্টা তো করতে হবে বাংলা ভাষাকে বাঁচাবার।

লেখক প্রসঙ্গে

Dibakar Purkayastha

শ্রী দিবাকর পুরকায়স্থ পাঠক মহলে এক পরিচিত নাম। ইংরেজি ১৯৫৯ সালে উত্তর পূর্বাঞ্চলের অসম রাজ্যে উনার জন্ম হয় এবং বর্তমান মেঘালয় রাজ্যের রাজধানী শিলঙ শহরে ওনার শৈশব থেকে যৌবনের অধিকাংশ সময় অতিবাহিত হয়। উনি কলেজ জীবনে কবিতার চর্চা করতেন এবং পশ্চিমবংগের বিভিন্ন মাসিক পত্রে ওনার লেখা কবিতা নিয়মিতভাবে প্রকাশ হতো বর্তমানে উনি ইংরেজিতে লিখেন,

কিন্তু বহুদিন পর উনি আবার পাঠককূলকে ওনার বাংলা লেখা দেবার চেষ্টা করছেন। এই কবিতা সমগ্র তার একটা বাংলায় লেখার প্রয়াস। তার লেখা লগ আউট নর্থ ইস্ট ইন্ডিয়া একটা মূল্যবান গ্রন্থ এবং উত্তর পূর্বাঞ্চলের উপর একটা মূল্যবান দলিল। এই গ্রন্থের জন্য উনি ২০১৬সালে "ব্যতিক্রম সাহিত্য পুরস্কার" পেয়েছেন ।

এছাড়া ওনার অতি সম্প্রতি ইংরাজী উপন্যাস সোশ্যালি ডিসটেন্স প্রকাশিত হয়েছে এবং আমাজনে পাওয়া যাচ্ছে। ওনার লেখা ইংরাজী কবিতার বই 'এন ওড টু শিলং' ২০২২ সালে প্রকাশিত। লেখালেখির জন্য উনি ওয়াশিংটন ডিসির লাইব্রেরী কংগ্রেসে লেখক হিসেবে রেজিষ্ট্রিকৃত। বর্তমানে উনি ওনার স্ত্রী ও কন্যাদের নিয়ে বেঙ্গালুরু থাকেন।

www.ingramcontent.com/pod-product-compliance
Lightning Source LLC
LaVergne TN
LVHW041845070526
838199LV00045BA/1444
* 9 7 8 9 3 5 8 4 6 7 3 4 5 *